和小孩在一起,可以拯救你的灵魂。

——陀思妥耶夫斯基

打开诗集——很轻,很用心……

理想教育诗行

爱
歌颂
你好 亲爱的小孩

李 响 著

图书在版编目(CIP)数据

你好　亲爱的小孩 / 李响著. —南京：东南大学出版社，2017.9

ISBN 978-7-5641-7430-9

Ⅰ. ①你… Ⅱ. ①李… Ⅲ. ①诗集-中国-当代 Ⅳ. ①I227

中国版本图书馆 CIP 数据核字(2017)第 223635 号

你好　亲爱的小孩

著　　者	李响
责任编辑	唐允
插　　图	李宜锦　吴怡
出版发行	东南大学出版社
出 版 人	江建中
社　　址	南京市四牌楼 2 号
邮　　编	210096
网　　址	http://www.seupress.com
印　　刷	江苏徐州新华印刷厂
开　　本	700 mm×1000 mm　1/16
印　　张	16.5
字　　数	189 千字
版　　次	2017 年 9 月第 1 版
印　　次	2017 年 9 月第 1 次印刷
书　　号	ISBN 978-7-5641-7430-9
定　　价	39.00 元

* 本社图书若有印装质量问题，请直接与读者服务部联系，电话：025-83791830。

走进"孩子"和"爱"的诗意世界

袁 浩

李响老师是享有盛誉的南京"攀·灯"语文名师团队的领军人之一,才华横溢,风格鲜明,在省内外同行中广有影响。

一

我听过也评过李响老师的课,一手漂亮的粉笔字端庄大气,语言丰富、幽默、有激励性,金石般振响的男中音像磁铁般地吸引着每一个孩子,在悠悠的乐曲声中,他且诵且吟,与孩子们一起步入文本,走进梦中……

他上《最大的麦穗》,旁征博引,信手拈来,深入浅出,适切有度,于是,生活的哲理褪下了神秘的面纱,成了孩子们的好朋友。他上《黄河的主人》,神采飞扬,情思激荡,时而深情款款,谈笑风生,时而诵声如涛,撼人心魄,孩子们一个个沉浸在如诗如画的意境中感悟、品味。他上《匆匆》,潇洒从容,匠心独运。插入《从前慢》让孩子们在阅读比较、对话碰撞中质疑、思辨,体会其中蕴含的哲学之美。

"读书课"上,他同孩子们一起读李白、杜甫,读鲁迅、徐志摩,读席慕容、海子,读安徒生、莎士比亚……背诵《将进酒》《春江花月夜》《再别康桥》……一起步入人类文明的殿堂,汲取成长的营养。习作课上,他鼓励孩子们插上飞翔的翅膀自主表达,孩子们一个个文思泉涌,真情倾诉,享受着写作的快乐。

李响的学生都喜欢上他的课,说他的课有趣好玩。同行们赞赏他的课,说他的课如春雨润物,意蕴深远,浸润了浓浓的诗情,闪耀着诗性的光辉。

李响告诉我,他喜欢上课。在课堂上,他很快乐,因为他喜欢孩子,深深地爱着孩子们。他说,他最爱听孩子们读书、发言,最爱读孩子们童心跳跃的鲜活文字,因为,从中他听到的是孩子们生命成长拔节的声音。

每同李响聊天,他津津乐道的话题不是课堂教学就是他正在教的,从前教的,他心中的,笔下的一个个"亲爱的小孩"。

你看,操场上,那群折腾着滚动的球儿的孩子,一个个汗珠滚落、喉结起伏、喘着粗气,像一头头小公牛,尖叫着左冲右突。大海边,一阵阵清脆的笑声追逐着喧闹的海浪,那个小男孩正用沙丘围成长城,唱着战歌,挥舞战旗,像战士那样自信;那位小姑娘,正把亲手折叠的千纸鹤,一只只扔向空中,纸鹤的翅膀上都镶着为小伙伴、为亲人们祈福的南国红豆。校园里,那个趴在地上看书的孩子告诉他"可以听到地球的声音,在书中找到自己";那个紧紧地黏上来,搂着她的脖子的,在她耳边轻轻地呵气"谢谢你,妈妈";那个向他奔来的,边跑边呼喊——"我要造一所房子送给你——亲爱的老师",满眼含着委屈的泪光,因为造房子的橡皮泥不见了……

李响爱孩子,他的课堂、他的生活、他的心中,分明就是一个色彩缤纷的活泼的儿童世界,充满童真、童趣、梦幻和诗意。

二

　　李响爱孩子,他笃信,教育即儿童研究,教师首先应是儿童研究者。许多年来,这位具有诗人气质的研究者,全身心地投入儿童世界。在与儿童朝夕相处的岁月中,他倾听他们的心声,也向他们倾诉。他研究他们,发现他们,同他们一起游戏、学习、成长。近些日子,李响把自己对儿童、对教育的真情感动和深邃的理性思考,凝成了这部沉甸甸的诗集。

　　他的诗,意象繁丰,诗思厚重,平中见奇,凸显"小孩"和"爱"两个词语,流溢出"俯首甘为孺子牛"的舐犊深情,闪耀着"仁者爱人"的思想光辉,揭示了教育的真谛,细细品读,令人怦然心动,有抑不住的共鸣、兴奋和感佩。

　　在他的诗中,有时,教师化身为慈爱的母亲——"温柔的手在孩子身上轻轻抚过",用"柔情的语气"与"亲爱的小孩"娓娓交谈,絮絮叨叨,爱意浓浓;有时,教师与儿童又宛如热恋中的"情人"——"千载凝望""寻撷相思""缠绵依偎""笑靥动人""柔情万种"……

　　在他的笔下,那些"来自乡下的""住在城里的""冲爸爸妈妈耍赖的""吃得像只企鹅走不动路的",那些"满头满身全是泥水的""流淌鼻涕口水的""手上脸上写满五彩蜡笔印记的"……都是他"美丽可爱的小孩"。

　　他们"哇哇哭闹和有腔有调的歌唱"在教师心中都是"天籁之音","口哨吹出的不羁的曲子"是"不甘堕落的彷徨"。他们可以"信口雌黄",可以"胡乱诌诗",可以"自我解嘲",也可以"保持沉默",因为他们是他"一直孜孜以求的心灵风景",是"苏醒的春笋""池塘里的雨点""娇艳的花朵",春光无限! 对他们中的每一个,教师心里装的都是给予和眷恋。他要给他们"一座快乐的城堡,喷泉池中,牛奶甜蜜纵情流淌,漂过来装满水果和玩具的月光宝盒"。他对他们说,"我的心就像一个大屋子,住着你,一直住着你""你毕业后,我会从别人身上想你""会永远在你身后,不离不弃"。他还好想好想"做回小孩,做一个独一无二的小孩","在落雨季节"和他们一起"双脚踩着水花,在田野里奔跑",像儿时那样,"经常在风吹过的时候,闭上眼睛,风从这里走过,偷偷地伸手去抚摸"。

歌德年轻时写过这样一句话:"人们只能认识自己所爱的,爱或激情越强烈、越充沛,认识就越深刻、越完整。"正因为怀有对儿童的挚爱,李响在与儿童朝夕相处中逐步走进了儿童的美丽心灵。儿童隐秘的内心世界,奇特的想法,以及深蕴其中的天性、特质、旺盛的生命活力和真正的成长力量,不断被发现、被认识。爱与认识之间有着深刻的相互促进的关系。随着对儿童认识的不断深入,他对儿童的爱,越发强烈而厚重。他说:"我体验到我的付出与结果——那是一种,能够放下所有的羁绊,去信马由缰地爱。"

李响对儿童的发现、认识,对爱的体验和感悟是真切的、深刻的,在他的作品中也得到了诗意的表达……

"请在我睡袋上贴一张邮票吧,把我邮寄回我的学校,我想念我的老师和我的同学。"

"一个童稚的声音说,因为你爱我,我才生长;我懂得,爱才是我奔跑的力量。"

"如果你爱我,请在我成长的时代,赐我一艘载梦的船,我一定会是一个称职的船长。"

"亲爱的小孩,你是生活的启示者,你说,生活很纯粹;你是生命的预言家,你说,生命就是一种爱。"

"你好,亲爱的小孩。是你让我生命更完整,让我的生命有所寄。有了你,我体验到,生命开放的神秘与欢欣。"

"你才是,我的诗句,是我最美好的聆听者,我感受到的,一行是敬畏,一行是给你的最标准的注目礼。"

"你就像一粒种子,我每天都见证你的成长,每天和你一起培育理想的种子,长出参天的希望。"

许多人都爱听孩子对自己说"长大后,我就成了你",可李响却告诉孩子们"这是我所不希望的"。他说"我只祝福你,成为一个有感受幸福能力的自己""对自己所做的事情,葆有敬畏和热情"。许多人都盼着孩子"长成我想要的模样",成龙成凤,出人头地。可李响却认为,孩子们是愿意"做一个厨娘,身上总有着菜根香",还是愿意"当一个警察,在斑马线上度过美好的每一天",是选择"成名成家",还是选择"当一个出租车司机""奶茶妹""手机贴膜人",我们都应尊重、鼓励,为之点赞。

三

显然,李响老师在实践研究中认识的,在诗作中表现的儿童,是真正的自在的儿童。他们是好奇的、游戏的、探索的、顽皮的、涂鸦的,渴望理解、被爱和自主成长,富有幻想和创造。

李响老师生活中体验到的诗作中所表达的教师的爱,是如斯霞、王兰诸位令人崇敬的教育前辈的爱,是真正的当代教师的爱,是一种融入了社会性的丰富而高尚的情感,是"母亲""师爱"融为一体的教育之爱,不仅具有真挚、亲切、给予、宽容等特点,而且体现着教育的使命和社会责任,包含了公正、平等、尊重、全面和稳定,远离功利与私欲,深刻而又厚重。

德国诗人荷尔德林有句名言:"人,诗意地栖居在大地上。"诗意栖居就是那种在生活中能感受到情趣和美的存在的生活。教师和儿童都应是诗意的存在——富有爱心童心的教师和天真烂漫的儿童带着对生活的热爱和梦想,在共同营造的温馨、和谐、宽松、润泽的氛围中活动、学习,充分展开心与心的彼此倾诉与接纳,相互期待激励,携手前行。

当我们走进这部诗集,走进李响老师的"孩子"和"爱"的诗意世界,扑面而来的,不正是这样的情景吗?

我们的教育呼唤这样的情景!

我爱读这部诗集,走进去,我们可以获得许多有益的新的启迪,关于儿童的、教育的、语文教学的,关于教师专业成长和诗歌创作的,发人深思。

我爱读这部诗集,久久不舍放下,心潮奔涌,情倾笔端,得小诗一首谨贺李响老师的《你好 亲爱的小孩》付梓。

建邺有名师,才博誉满群。
疾书复浅唱,漫奏共长吟。
暖暖慈亲语,拳拳赤子心。
攀登思致远,灯照众人行。

袁　浩　全国著名语文特级教师
　　　　江苏省荣誉教授
　　　　江苏省人民教育家培养工程首批指导专家
　　　　中国教育学会小学语文专业委员会顾问

教师本色是诗人

叶水涛

李响老师的诗集即将出版,要我写几句话。严羽说:"诗有别裁,非关书也;诗有别趣,非关理也。"我对诗歌写作完全外行,难免言不及义。

李响是小学语文特级教师中的异数,成名早但生性淡泊,有中国传统文人的清高,也有儿童的率性和天真。

李响是语文教师中的全才,散文诗歌,信手拈来、文采斐然;吟唱朗诵,字正腔圆、声情并茂;书钟二王,直抒胸臆、轻灵飘逸。

李响的这本诗集,书写了他的诗情,也书写了他的童心。童心与诗情自然融合,儿童天然是诗人。童心与诗情融合为诗歌,这就成为文学的艺术。诗歌是文学最为精致的样式,诗集蕴含着作者艺术的素养与语言的功力。

前两年读赵越胜的《燃灯者》,作者记述了他与周辅成教授的一段对话。周辅成是中国现代伦理学的奠基人。赵越胜问:"莎士比亚的诗剧与哲学有什么关系?"周辅成笑道:"天才有三种,第一等是诗人,如莎士比亚,他的诗剧写尽了人世的哲理;第二等是哲学家,如康德、黑格尔,写诗不成而去研究哲学;第三等是小说家,如梅里美。"显然,深奥的道理并非是经院的教条,日常的生活中包含着鲜活的哲理。深刻的思想可以诗意地表达,童心便是天赋的智慧。特级教师作为广大教师的榜样,李响凸显了教师专业成长的另一个侧面——不是埋头于理性思辨的著作,而是在日常的生活中保持着生命的灵性。

马克思认为,人们把握世界有三种方式:科学、宗教与艺术。科学是事实与逻辑,宗教是虔诚的信仰,艺术是心灵的直觉。科学的分析终究不能穿越物自体,艺术的直觉能整体地把握事物。天才的伟大发现总在青年时期,因为它需要激情与想象的伴随。激情与想象正是诗歌的特征,天才的科学家与伟大的诗人心心相印,这"心"是蓬勃的诗意与诗情。如李响那样,教师要有童心与诗情,在岁月的磨砺中不失感性的热情。

作为教师,你未必一定要写诗并出诗集。但作为教师,你多少得有一点对世俗的超越,有一点激情,有一点诗意审美的情趣。教育是在儿童的心田里播种,教学是将琐碎的庸常酿成诗意的美酒,校园要成为儿童记忆中温馨与美好的家园,教师必须是一位广义的诗人。如果说,教师是成人世界派往儿童世界的使者,那么,在与儿童朝夕相处的岁月里,你能否发现儿童,发现他们的颖悟、他们的灵性?你能否有诗意地表达?

恢复魔方的速度,为什么成人远不及儿童?接受新事物的速度,为什么儿童远胜成人?大自然从一个侧面提醒我们:儿童是成人的老师。知识累积的同时,是人们直觉能力的消退,其本质是诗情与诗意的消失。意大利哲学家维柯认为,人类原始的思维是心灵与自然的完全契合,这是一种诗性的思维,它凭想象与联想勾画出一个完整的世界,而不是支离破碎的知识。他同时认为,儿童的思维便是原始的思维,具有诗意的灵性与直觉的智慧。

做老师,谁都想成为好老师。但如何才能成为一名好老师呢?好老师要有一颗童心,童心便是诗心。好老师要有诗意,因为儿童是天然的诗人。儿童教育家李吉林老师说:我是长大的儿童。李响老师也是长大的儿童,他的诗集洋溢着童心与童趣。教育是爱心的激荡,教育是心灵的对话,教育是一首心血谱写的诗。好老师是一名诗人,见证儿童的成长,吟唱生命的奇迹。

李响的诗是写给他自己的,是他心灵的倾诉,写他对幸福的寻找,写他作为教师的欢欣。"语言于诗歌的意义,其吊诡之处在于:它貌似为写作者、阅读者双方所用,其实它首先取悦的是自身。换个形象点的说法吧,蝴蝶首先是一个斑斓的自足体,其次,在我们这些观者眼中,蝴蝶是同时服务于梦境和现实的双面间谍。"李响的这一番话,有诗意,也有哲理。蝴蝶的双重角色岂不是教师的一个隐喻?教师之于文本,教师之于学生,又何尝不是如此?教学相长,教师在成就学生的同时,成就自己生命的精彩。

每每听李响的课,与李响交谈,都会感受到他的激情与才气,感受到他的质朴与纯真。作为教师,这或许是最为需要的一种素质;作为诗人,这或许是一种最为基本的素养;作为一种个体的气质,它可以感染你,你却无法模仿它。曹丕说:"气之清浊有体,不可力强而至,虽在父兄,不能以移子弟。"诗人的气质诚然是一种天赋,但更多的是来自读书与体悟。读李响的诗,我相信每个读者都会有内心的感动。诗歌是那样的明净,儿童是那样的单纯,诗化的语言闪耀着缪斯的灵光。

是的,现实生活中的教师不免窘迫,不免辛劳,甚至不免孤独。然而,我们倘如斯霞老师那样,有童心和母爱的心境;倘如柯尔德林所言,辛劳但有诗意地在大地上栖居的情怀；作为一名教师，有对儿童的喜爱，有对职业的眷恋。于是，我们自然会有精神的饱满，有幸福的体验。教师需要读诗，教师生涯需要诗意，不是追求物化的占有，而是享有审美的愉悦。

——你好，亲爱的小孩。是你，让我的生命更完整；让我的生活有所寄。有了你，我体验到，生命层层开放的神秘与欢欣……

——恰似亲手赋予一团泥土以生命，恰似亲手赋予一个生命以色彩，没有什么比目睹这一契机，而更加激动人心。

——他是一个朗读者，他以福柯的眼睛，审视着自己的倾听者，找寻一条属于自己的美学生存之道。然后，他发现，路，从来就是，一条，千回百转的远方。

李响，与他的诗，告诉我们如何在生活中发现美，如何在教学中发现儿童，如何与儿童分享生活的美好。教师应然是诗人，教师本色是诗人。

    叶水涛 江苏省教育学会副会长
          中国写作学会基础教育中心主任
          《语文世界·教师之窗》主编
          《写作》副主编

为什么一定要絮絮叨叨

祁 智

我从来不认为,今天写作的成果,能够传之久远。在我看来,诞生经典的时代,早就一去不返。但写作者也从来不因为这一点,就放弃写作。我相信,很多人对我的观点深信不疑。换句话说,如果写作者,都在为流传一百年、一千年甚至更久,而动笔、敲打键盘,那就显得很可笑和可怕。一颗星高悬夜空,念念不忘的,一定不是永恒照耀。

这么一来,我们对今天越来越烈的写作,就可以理解了。越来越烈?是的,我从来没有看到什么时候,有今天这么多的写作者,有今天这么多的写作成果。而且,写作者的队伍,还在迅速扩大;写作者的成果,还在迅速增多。难道不是吗?看那么多载体,图书、杂志、报纸、网络,甚至博客、微博、QQ空间、微信公众号……在此之上,活跃着学者、作家、诗人、业余作者、自由撰稿人、写手、段子手……

要说这些写作者,是为了经典而写作,他们自己都不会相信。但如果写作不是为这个,他们为什么?为了养家糊口?显然不是。写作者中的绝大多数,如果依靠写作生存,则是一个不切实际的梦。事实上,很多写作者衣食无忧。为了成名?显然也不是。可以瞬间网红的途径很多,哪里需要写作这般费劲费心?事实上,很多写作者,作品既出,并不到处传播,只是自我欣赏,或者三两知己共享。

写作如果不是为了这些,那为什么写作?

我想说的是,在我——至少在我,写作的全部目的,在于倾诉。在一个节奏很快、生活很杂、头绪很多的时代,自我和内心往往被搁置一边。这就像一个箱子,塞满了迎来送往的衣服,每天让我们衣冠楚楚,但一个初心,被压在箱底。不想起,根本想不到;蓦然想起,摸索很久,找到了,感慨万千。情郁于其中,自然要发乎其外。当想把感想诉诸于文字,就成了一种写作的欲望。

我想,与我同想者,一定不在少数。否则,我们无法解释写作的目的。我们生活的时代,无法深刻阐述,但至少能够有情表达;无法万众瞩目,但至少能够顾影自怜;甚至,无法幸福永远,但至少能够一晌贪欢。所以,我们或长吁,或短叹,或豪言,或壮语,或高歌,或低吟。

难道不是这样吗?

所以,读到李响老师的作品,我很高兴。这个七尺男儿,相貌堂堂;漂亮的眼睛,时常迸发出激越的火花,又不经意地闪过忧郁和悲悯。我唯心地认为,有这样的长相,一定会善于表达、敢于表达、乐于表达。事实也的确如此。他在学校组织各种活动,在微信上秀书法,在公开课前的仪式上朗诵、领诵诗歌。一个特级教师,当然要有才艺、有素养,但仅此解释,远远不够。只能说,这是他倾诉的一种方式。谁说倾诉一定要"西皮二黄"? 操胡琴、吹唢呐,甚至,闭目晃脑、手指在腿上随着唱腔节奏弹跳,不也是倾诉?

但我还是以为,李响老师会登场的。毕竟,唱念做打,更为直接。果然,有一段时间了,他毫无城府地宣告要写诗,自喻为"理想教育诗行",计划写100首。

我自作聪明地以为,李响老师的100首,可能是短诗。100首,不仅是大数字,还是长时间,等于长途跋涉,不是每一个人都能坚持得了,得需要足够的准备、装备、储备。所以,选择短,不失为捷径。我没想到,他每一首都不肯短。这个人当一回事了。这就像一个执拗的旅人,脚下路途遥远,却一步不少,唯有日夜兼程。

是这样的。李响老师,面对亲爱的孩子,缓缓蹲下,深深凝视。一个伟岸的父亲,用柔情的母亲的语气,像不由分说的教师,倾诉、倾诉、倾诉。对一个亲爱的孩子,他有足够的耐心、细心。于是,100次倾诉,变成了100首诗。他把一个个字,栽成一棵棵树,开出漫山遍野的花。

花开,是树不肯停歇的写作,也是树喋喋不休的倾诉。

李响老师,你倾诉吧。我们倾听,即使你絮絮叨叨。

祁　智　江苏省作家协会副主席
　　　　著名儿童文学家
　　　　书香江苏形象大使

也是一种幸福
——写给自己·李响

他 相信承诺
喜欢一切美好的东西
考究的服饰
清冽的啤酒
装帧精致的书籍
精彩绝伦的 NBA
他喜欢美食
喜欢旅游 带着一本
诗集
去旅游
……
他找寻幸福
然后发现
失望
对自己 对别人
有一天

他 想啊——想——
失望——然后继续期待
其实 他想

有时候 失望
也是一种幸福

因为有所期待
才会失望
他 想啊——想——
遗憾 有时候
也是一种幸福
因为 至少还有
令你 遗憾的事

他是个朗读者
他以福柯的眼睛
审视着 自己
企图找寻一条属于自己的
美学生存之道
然后他 发现
路 从来就是
一条 千回百转的
远方——

目录

序言一　走进"孩子"和"爱"的诗意世界｜袁　浩 /1
序言二　教师本色是诗人｜叶水涛 /7
序言三　为什么一定要絮絮叨叨｜祁　智 /11
也是一种幸福——写给自己｜李　响 /14

第一辑　我会微笑着　目送你远行

1. 你好　亲爱的小孩——请允许,我这样叫你! /3
2. 你好　亲爱的小孩——你要有实现梦想的能力! /6
3. 你好　亲爱的小孩——我只愿你的未来,慢慢长大! /8
4. 你好　亲爱的小孩——你这个年龄,真让人着迷! /11
5. 你好　亲爱的小孩——我会微笑着,目送你远行! /13
6. 你好　亲爱的小孩——你要有感悟幸福的能力! /16
7. 你好　亲爱的小孩——我奔跑着的小孩! /19
8. 你好　亲爱的小孩——老师这双手,曾经搀扶着你! /23
9. 你好　亲爱的小孩——你是生活的启示者! /26
10. 你好　亲爱的小孩——昨夜,我梦到了你! /28

第二辑　你的星空里　有我的仰望

11. 绿茵场上 /33
12. 在海边 /35
13. 传说 /37
14. 不讲理的小孩 /39
15. 一块橡皮泥 /41
16. 蝉鸣 /43
17. 生活的责任 /45
18. 我愿 /47
19. 我知道 /49
20. 春天的责备 /51
21. 参与者 /53
22. 大地 /55
23. 姓名 /57
24. 飞翔 /59
25. 邮票 /61
26. 童话 /63
27. 成为船长 /64
28. 你的星空里有我的仰望 /66
29. 千纸鹤 /68
30. 泊岸 /70
31. 摆渡人 /72
32. 毕业季 /74

第三辑　我知道那一池柔波里　有少年美好的向往

33. 礼物 /79

34. 伞下 /81

35. 做一条快乐的鱼 /83

36. 面对一朵花开 /85

37. 我愿意我是 /86

38. 父亲的天空 /88

39. 倾听 /89

40. 别惊动了春天 /90

41. 爱不遗忘 /92

42. 浪费美好 /94

43. 爱深沉 /96

44. 我把自己走丢了 /98

45. 对着一杯水说我爱你 /100

46. 一只孤独的猫 /101

47. 对着天空发呆 /102

48. 一粒种子的亮相 /104

49. 口头禅 /107

50. 我在黎明看到自己 /110

51. 我必须回到这里 /111

52. 河流在转弯的时候是有梦的 /112

53. 神啊 /113

54. 美目盼兮 /114

55. 诞生 /115

56. 长成你喜欢的样子 /116

57. 月亮和星星是一对母子 /117

58. 多梦的年龄 /118

59. 愿明天就像今天一样 /119

60. 生日歌 /120

61. 晚安　小鸟 /123

第四辑　那首远去的歌儿
化作一道幸福的闪电把我们照亮

62. 那一天 /127

63. 唯有爱永恒 /129

64. 站台 /131

65. 那条河 /132

66. 成为自己 /134

67. 我喜欢你是安静的 /136

68. 你的笑容 /138

69. 围城 /140

70. 我只想做个小孩 /142

71. 使命 /144

72. 我的诗句是甜的 /145

73. 朗读者 /147

74. 生如夏花 /148

75. 终于 /149

76. 另一个我 /150

77. 被遗忘的风 /152

78. 爱是你我 /154

79. 春雨的见证 /155

80. 二月二十八日 /156

81. 少年 /157

第五辑　那只透明而温暖的漂流瓶里
　　　　写满了思念

82. 美好的日子不可以省略 /161

83. 喜悦 /162

84. 在星巴克里 /164

85. 熊猫的问题 /165

86. 老师的笑容是块糖 /166

87. 你抱起了我的头 /168

88. 你来了你就不要走 /169

89. 化石 /170

90. 抵达 /172

91. 行走的鱼 /173

92. 留给你的美好 /174

93. 我相信春天 /176

94. 海风阵阵 /177

95. 飞起来 /178

96. 回到童年 /179

97. 除了爱你我一事无成 /180

98. 蝴蝶 /182

99. 回眸 /183

100. 空运来的猫 /186

101. 闪电与玫瑰 /188

102. 理想国 /190

103. 红豆 /192

第六辑　岁月　让我们之间的缘分在彼此守望中圆满

104. 岁月 /195

105. 生命的卷轴（组诗）/196

106. 问道 /203

107. 崇高的交响 /206

108. 依偎童心 /208

109. 守望的距离 /209

110. 生长诗意的童年 /212

111. 童心可师 /218

112. 最初最美的发现 /221

113. 天籁之音 /226

114. 我教　我快乐 /230

115. 爱与歌颂（后记诗）/238

第一辑

我会微笑着 目送你远行

你好 亲爱的小孩

——请允许，我这样叫你！

亲爱的小孩
当我写下
"亲爱的小孩"的时候
当我
看到你
那微笑着的
大眼睛的时候
我被惊呆了——

一个小孩儿
竟然可以这样专注
专注得　令人沉醉与激动

你——
像一个小魔术师
每天总有新奇的心思与做派
你——
忽而变出　一堆糖果
忽而变出　一块橡皮
油泥粘着《草房子》
作业本　总会神秘地失踪
上课
也管不住　自己的嘴和屁股

看着你　亲爱的小孩
我陷入了混沌
我不知道该怎么做
才符合
所谓的教育规律
……

就在几天前
朋友问我：
教书为什么？
我用了一个很常见的回答——
为了祖国的未来

朋友说
这很空洞
是个好无聊的回答

朋友是对的
但　我想不出一个
不冠冕堂皇的理由

其实
我心里一直在说——
因为
我　喜欢小孩

亲爱的小孩
教师节那天
我总能听到铺天盖地的
师恩难忘的祝福
总有一丝欣慰
掠过心田
我油然而生出一种想法——
应该被感谢的　是你们

亲爱的小孩
请允许我这样叫你

是你
让我的　生命更完整
让我的　生活有所寄
有了你
我体验到生命
层层开放的神秘与欣喜

我体验到
我的付出与结果——
那是一种
能够放下所有羁绊
去信马由缰地爱
感谢你　给我这种
无拘无束的爱

人说
爱孩子
是连母鸡都会干的事情
爱是生命的本能
我相信了

你好 亲爱的小孩

——你要有实现梦想的能力!

亲爱的小孩
我这样叫你
说明我
把你 当作自己的孩子
我不敢对你的未来
有什么奢望

你的父亲可以
你的母亲可以

望子成龙
我没有资格
把这个自私的成语
加在你的头上

可我觉得
没有几个汉语词汇
比"望子成龙"
更令我怅惘

亲爱的小孩
作为你的老师
我更愿意选择尊重
尊重 你的选择

如果你想成为名家
那就去努力吧

如果你
仅仅想当一个出租车司机
那也不错

如果你想做警察
只要你足够勇敢
老师一定为你点赞

如果你只想
做个奶茶妹或手机贴膜人
那也挺好

总之
我所寄望的只是
在你成长的过程中
能幸运地
找到自己的梦想——
并拥有　实现梦想的能力

老师祈祷　你能"成功"
希望你对自己所做的事情
葆有敬畏与热情

亲爱的小孩
来到这个世界
能有梦想和能力
领略这个世界的波光潋滟
把最初的本质　无穷地绽放
向着真善美　无尽地奔跑
这个世界对于你来说
便是　一片光亮

你好 亲爱的小孩

——我只愿你的未来，慢慢长大！

你好 亲爱的小孩
作为你的老师
希望你
是一个有好奇心的人

宇宙什么时候爆炸
邻桌的那个异性同学的兴趣爱好
都可以引起你的
好奇心

希望你
是一个有同情心的人
对他人的痛苦
哪怕是动物的痛——
抱有最大程度的想象力
对任何形式的伤害
抱有最大程度的
体恤之心

希望你
是一个有责任心的人
意识到我们所拥有的一切
都不会信手拈来
就像我们
希望得到老师的表扬一样
那试卷上的 100 分
同样需要我们的加倍努力

亲爱的小孩
希望很漫长
希望不遥远

那就把希望
实实在在地
放在地面上
做一个正直而善良的人吧
做一个好玩而有趣的人吧

亲爱的小孩
那一天　我对你说
希望以后能和你成为好朋友

你说
——别做梦了
鬼才愿意和你们大人
成为好朋友呢

好吧
我不再做这个梦了
如果有一天
你成长为一个
有个性的人
我也为你的特立独行
而高兴

如果
你宁愿跟你那个
酷爱变形金刚的狂热动画迷
厮守一个下午　而不愿
和我说半句话
我还会为你
拥有一个好的伙伴
而开心

如果——
我们为
中国足球能否冲出亚洲
以及"昨晚的家庭作业做了吗"
而争论
那么——
我会欣赏你的说法
并坚定地为你寻找一个理由

亲爱的小孩
当我写下
"亲爱的小孩"的时候
我已经　把太多注意力
放在你的未来之上

亲爱的小孩
当我写下
"亲爱的小孩"的时候
我只愿你的未来　慢慢长大
愿你——
有个好星座
如果没有
愿你——
有个好属相
如果没有
愿你——
有个好老师
如果没有
愿你——
有个好梦想

你好 亲爱的小孩

——你这个年龄，真让人着迷！

亲爱的小孩
一不小心　就成了你的老师
看到你
学会算术
也学会了顽皮
听到你
朗朗的笑声和
殷殷的哭泣
读着你
简单的理想和
不简单的日记
我知道
你长大了

亲爱的小孩
目睹你　拔节般地生长
我多么希望
时光停留
少年永在
你长得慢点
再慢点……
留住你的童年
留下你对这个世界的幻想

那天　我看你的日记
你的文字　是那样让我着迷
你写道——
我希望杨红樱嫁给曹文轩叔叔做老婆！
你写道——
到底是先有鸡　还是先有蛋？
你写道——

月宫里真的有嫦娥和吴刚吗?
你写道——
其实老师有时候是个大笨蛋!
你写道——
航天员是怎样在太空大小便的?
读着　读着
哈哈　我笑出声来
原来　你的好奇心
离我的世界
那么远　又是那么近
你的世界
那么的充满新鲜和神奇
你这个年纪
真让人着迷

你好 亲爱的小孩

——我会微笑着，目送你远行！

亲爱的小孩
长大的最好方法　是旅行

旅行　是了解这个世界的
一条最佳路径
去别人　去过的地方
去别人　没有去过的地方
经历别人　经历过的事情
经历别人　没有经历过的事情
见别人　见过的风景
见别人　没有见过的风景
结识别人　结识过的朋友
结识别人　没有结识过的朋友
和他们谈那些他们知道的人生
也和他们谈　他们不知道的人生
亲爱的小孩
路就在你的脚下
世界有多大
你的舞台也就有多大

等到有一天
目送你　远行的背影
目送你　用自己的脚步去丈量世界
到那时　世界在你面前也就小了
于是　你开始知道
世界除了美好之外
还会有不能吃的食品
还会有偷小孩的坏人
还会有治不好的疾病
还会有灰蒙蒙的天空
还会有拥堵不堪的道路

亲爱的小孩
你要知道
世界并非到处流淌着奶和蜜
你喜欢旅游探险
也喜欢航海航天
你可知道——
看起来很美的东西
走进去有多残酷
有月亮的晚上　是那么冷
一个人探险　有多么孤单
世界原来如此　我们要用
一颗明亮的心
来装点这个世界

亲爱的小孩
让我们一起来　点亮我们的未来的灯
把我们的前程照亮
当你的同学伤心哭泣时
你要给他一个大大的拥抱
那一天　你告诉我
一个大个儿同学　打你的头了
你又说
他今天中午　他把他的橡皮借给了我
所以　你够朋友　他也够哥们儿
亲爱的小孩　这叫爱
要相信这个世界　要相信爱
亲爱的小孩
你知道的　狗的忠实完全来自于相信
它相信人　会对它好
一条狗可以走上几千公里

历经万千辛苦　也要寻找到自己的主人
因为它相信

亲爱的小孩　迟早有一天
你会自己独自面对　这个世界
我会担心
但我会笑着　目送你远行
因为我知道　你心里有
无与伦比的爱与智慧
会让你温暖　会让你坚定
会为你照亮一个大大的世界

爱
歌颂

你好 亲爱的小孩

你好 亲爱的小孩

——你要有感悟幸福的能力!

亲爱的小孩　作为小孩
你有时候　会犯错误
人非圣贤
孰能无过

我从来不希望
你做一个完美的孩子

勇敢承担　这是需要勇气的
大声地说出——
对不起
这是对自己负责
没有人把你代替
因为老师
有一个信念——
吾生无错

亲爱的小孩
那天上课的时候
你犯错误
老师批评了你
老师只是想让你知道
一场好玩的游戏
需要规则
规则的魅力
在于执行
散漫的规则
那是　耍赖

好比——
一场足球比赛

假如没有红黄牌
你的胜利　就会歇菜

跳绳和丢沙包时的投机取巧
也会使你　把友谊
逐一损害
假如　你不遵守游戏规则
别人会无情地
把你抛弃
说一声　不和你玩儿了
留下的是　一连串的
埋怨与不屑

你好　亲爱的小孩
世界上的事情
没有那么复杂
也没有　那么神秘
没有　那么夸张
也没有　那么自以为是
走　自己的路
这　很重要
做　自己的梦
这　很重要

亲爱的小孩
你曾说
当一个科学家
是你长大后的理想
做一名伟大的写作家
更是你永远的梦

你常说——
老师只会　做PPT和布置无聊的家庭作业
但老师不会　弹钢琴和讲故事
你常说——
我不但会做奥数题
我还会　跳拉丁舞和华尔兹

亲爱的小孩
你拥有那么多兴趣爱好和能力
成长　很快
成长　很重要
只要　生命能成长
就一定有　　大大的未来

就像　那个料事如神的老酋长
宽容地一笑
轻轻地说
生命就在手中
成长就在当下
梦想很近
梦想很远

亲爱的小孩
"长大后　我就成了你"
是我　所不希望的
你能成为一个
有感受幸福能力的自己
才是
我的期望

你好 亲爱的小孩
——我奔跑着的小孩！

你好　亲爱的小孩
我奔跑着的小孩
目光所及
到处是你　跃动的身影

操场上
滚动的球儿
在你使劲折腾半天过后
喘着粗气
落寞零乱地散落于绿荫

老教练面颊的汗珠儿
也像一只只球儿
纷纷滑落
嘴里的哨音
悄无声息
本来已经　耷拉的眼帘
终于撑不住
各种庞大的信息

而你——
也像倦了的蟋蟀
脚步与呼吸的速度
越来越慢
最后　终于瘫软地躺在
你面前的　草地上

操场上　一片静寂
喧闹声没有了
周围是
恣意躺着的你　和你们

来吧　亲爱的小孩
我想和你谈谈
属于我们共同的话题

亲爱的小孩
感谢你的一年级
当我第一次站在教室门口
迎接你的时候
你——
放肆地吃着冰淇淋
眼睛却紧紧盯着身边的那个小女生

妈妈着急而慌乱
连声说　不好意思
你擦了擦嘴巴
一副漫不经心
愉快地把我的手牵起说
老师——
我要和她坐一起

顺着你手指的方向
我笑得不可开交
那一刻　我才知道
什么叫　天真无邪
什么叫——
我的眼中　只有你

亲爱的小孩
感谢你的二年级
还记得　你的那次造句吗？
我让你用"一边……一边……"造句

你说——
我在厕所里
一边大便便　一边小便便

你把全班同学惹得
哄堂大笑
你却不以为然
你说——
这是真的
不信　你试试

那一刻
你像一只受伤的小鸟
无助的眼神
在我身上寻找
能够庇佑你
能够让你
自由降落的羽翼
我的笑容里　顿时有了泪水

亲爱的小孩
感谢你的三年级
你总爱像个小动物一样
趴在地上看书
你告诉我
因为这样
你可以听到地球的心跳
因为这样
你才能在书中看见自己

你说　你会在
看书中
作文中
思考中
安静中
嬉闹中
感受到这个世界的气息

你说——
老师　你就像我的妈妈
然后　你紧紧黏上来
搂着我的脖子
在我的耳边轻轻地呵气
你会害羞地说
谢谢你　老师妈妈
那一刻
你让我觉得自己好了不起
那一刻
你让我
更多地理解这个世界
认识了
一个小生命的精彩

你好
亲爱的小孩
我　以前经常忽略
对于你的　那些鸡毛蒜皮
更意识到自己
原来真的可以
成为一个　好的老师

你好 亲爱的小孩

——老师这双手，曾经搀扶着你！

亲爱的小孩
你说 你最喜欢听
《时间都去哪儿了》

我问你为什么
你什么也不说
只扔下一句"好听"
便又沉浸在音乐里

是啊 我们的时间
都去了哪里
转眼间
你已经学会写日记

一个帅气的
一个漂亮的
一个大大咧咧的
一个淘气的

那一天
我问你
四年级 十岁了
十岁生日 说说自己

你说 我想当航天员 探索太空奥秘
你说 我要一艘大游轮 环游地球八十天
你说 我希望我像郎朗一样出名会弹钢琴
你还说 其实我不想学习
我要发明一种机器
它可以让我聪明无比
没有成堆的作业

没有烦恼的考试
成天只管玩游戏

你好　亲爱的小孩
希望你拥有
在这个世界上一切的随意

你可以信口雌黄
你可以不会吟诗也会诌
你可以保持沉默
但我坚决捍卫你
说话的权利

希望你长大后　也能保持
这种自由率性和真挚
做一个
内心明亮
灵魂透明的自己

希望你在
成功与失败的时候
像大人一样
不在狂喜中忘记
不在悲伤中放弃

亲爱的小孩　希望你
做个有梦的人
你做过很多　彩色的梦
那些让你在梦里
开怀的梦　希望
你永远不要丢弃

笃定地写在
你的自信里

亲爱的小孩
一日为师　未必终生为父
执子之手　未必与子偕老
只愿你　始终记得
老师这双曾经
搀扶过你的手
搀扶你一同走过少年懵懂的手
永远在你身后
不离
不弃

你好 亲爱的小孩
——你是生活的启示者!

你是生活的启示者
你说——
生活很纯粹
你是生命的预言家
你说——
生命就是一次花开花落

你喧哗与追逐
因为 你精力过剩
你怀疑与失望
可你 却总是不放弃理想
你辩论与争斗
但你 没有了恶意也不求结果
你嫉妒加不乖
都是因为 一个好玩的玩具实在很好玩

有人说
你是我的老师
只因你 混沌初开
更因你 蒙昧无知
一切因为你的幼稚
而变得神圣

老子曰 复归于婴孩
拥有最初的本心
没有期待
唯有期待

有时候 我
真想 做回小孩
做一个独一无二的小孩

只可惜　我
已然　不朽地枯败
唉——
不能回归小孩
又怎能去　教育小孩
唉
我无奈
他无奈
你还在　只是
已不是　我要做的
那个小孩

你好 亲爱的小孩

——昨夜，我梦到了你！

昨夜
我梦到了你
亲爱的小孩
你在路边的丁香花园里哭泣
昨天你遗失了回家的钥匙
今天又飞走了那只问安的鸽子

那只可爱的精灵飞到遥远的地方
一个顽皮的孩子把它系在屋顶上
还做了一个囚笼
你嚷着要和爸爸一起去寻找
爸爸却愿意去旅行

两辆单车飞奔在田野上
有一天　爸爸骑累了
你也没有了当初的兴奋
你们就迷失在陌生的山谷里

长长的大峡谷
延伸着美丽的梦
像那只白鸽再也找不到
旅途的风景很枯燥
一个叫树的伙伴转瞬即逝在茫茫旅途

我们偶然相遇然后离去
在这条永远没有尽头的长路上
我们邂逅的永远是自己的影子
走过高山
走过湖泊
走过森林
走过沙漠

走过有人们的城市和花园

走过幸福

走过痛苦

走过一个少年幸福的烦恼

走过生命中的每一个瞬间

来吧

亲爱的小孩

我们回家

记住来时的路

让我们回到梦想的发源地

幸福就在那里

梦想还可以重新开始

第二辑　你的星空里　有我的仰望

绿茵场上

——你是这个世界的无限希望!

我独自坐在
这个曾经辉煌的足球场一隅
西天的夕阳开始收敛起
最后一丝温柔

天空飞翔的鸟儿
不动声色地歌唱
远比不上　天空下
一群矫健的身影尽情欢呼

红色的跑道
白色的直线
勾勒出的画框里——
一个男孩尖锐的叫声冲出画外
一下子　涌入你的眼帘

那声音
就如同英勇的武士决斗前的热血贲张
顷刻间　给你最深刻的
就是这圆穹之下的
仿佛古罗马斗兽场的回声

哨声结束
我听到你在喘息
就像一头小公牛
皮肤黝黑　汗珠滚落
喉结起伏　目光炯炯
我感受到你青春的不安分
和茂盛的生长

星光伴随着华灯初上

我看见沉沉的大地
展开着我的想象
诗人说
黑夜给了我黑色的眼睛
而你就是我一直寻找的那束光亮

鹅卵石的甬道上
我徐徐独行
你从身边走过
满心欢乐
却浑然不觉得
你给这个世界带来的
无限期望

在海边

——你用你的快乐，给了我快乐！

那年在海边　我看到
一群年轻人
在海水漫过脚脖的沙滩上追逐
那年轻的笑声　在喧闹的海浪声中
显得尤为清亮

随着一声清亮
细细的沙粒和柔柔的浪花推波助澜
我停下了自己的脚步　问道——
你们在干啥？
能告诉我吗？

他们异口同声
大海没有回答
于是——
你撒开脚丫　和他们一起
在海滩上找来贝壳　做成项链
你告诉我
你要把它送给母亲

你们一起把沙丘拥起　堆成长城
你笑嘻嘻地躺在你的长城边上
头枕着沙滩　身躯挡住冲向岸滩的潮水
你的容颜　海洋般安详

大海哗笑着　卷起波浪
仿佛告诉你　抵挡毫无意义
微笑着把你的身体摇晃
就像母亲的那只摇篮

你认真地倾听大海的倾诉

你寻找自己的力量
来保护你的长城
婴儿一样接受母亲的安放

那年　在海边
你教会我怎样泅水
那年
你用你的快乐　给了我快乐
那年
有无数爱海的孩子
会集在这里

传说

——那拔节生长的,是你的希望与勇气!

流盼在你双眸里的月光——
隐藏着我全部秘密
有谁能告诉我
她是从什么地方来?

有一首诗
写的是　森林里狩猎的游戏
在那个地方
尘土飞扬　风声雨声
追逐着奔跑的羚羊
美丽的树　奔跑的鹿
有力的弓箭
射中了鹿的心脏
箭囊跌落　鹿眼迷离
于是　她们开始相爱

当你沉沉入睡的时候
我看到了你的唇间　有一丝浅笑——
有谁能告诉我
她是从什么地方来?
有一个美丽的传说
月宫里住着一位天仙叫嫦娥
喝了吴刚的桂花酒
微笑便一直挂在遥远的星空
也挂在了爱她的孩子的梦中
顽皮的孩子爱做梦
每当沉沉入睡的时候
唇间就有一弯甜甜的月亮

像花一样的孩子　有铁一般的臂膀
有谁能告诉我

爱 歌颂
你好　亲爱的小孩

她为什么这般有力量?
有一个追逐太阳的人
当他用尽最后的力气
射下第九颗太阳
便做出了一个辉煌的决定
他要让他的子孙成为太阳的后裔
从此
那拔节生长的
是你的希望与勇气

不讲理的小孩

——你从不顾及大人的感受。

你有很多稀奇古怪的想法
只要你愿意
你的梦
便可以飞翔

我们相处得很融洽
但并不能说明
我们之间
没有问题

你说　我不想写作业
于是　书包里装满了快乐
你说　我只想打游戏
于是　无论是谁叫你　你都若无其事

你说　老师虽然很像很像妈妈
你说　有时候我说了谎
老师从来不能把我看穿
老师真是个大笨蛋

于是　你开始爱你的老师
于是　你是真的爱上了你的老师
一刻不见
都是不行的
后来你还学会了
一日不见　如隔三秋的肉麻

其实我知道
你拥有很多很多的可爱之处

比如简单的想法

比如不切实际的理想
比如冲着爸爸妈妈耍无赖
比如面对一份超级喜欢的食物
你会吃得像只企鹅　走不动路

你只顾自己的想法
从不考虑大人们的感受
你面对爱　像乞丐一样贪婪
可你只想被人爱
而不愿意去爱别人

在你纤小的世界里
没有一丝规矩
只有在你的校园
你才很不乐意地放弃一些想法

这也并不是没有理由
你把无穷无尽的快乐
放飞在自己的快乐里
只为了　亲爱的老师
亲昵地叫你一声——
亲爱的小孩

一块橡皮泥

——你居然要用它来搭建你的梦想！

啊——
瞧你的手　脏兮兮的
亲爱的小孩
是谁在你白嫩如莲藕的手臂上
留下了色彩斑斓？

我刚走过教室
你就向我奔来
含着泪光的眼里装满委屈
你说——
我要造一所房子送给你　亲爱的老师
可是……他们老是嘲笑我
瞬间你的泪水如花般
绽放出来

是谁
把你的梦想　弄得如此狼狈
亲爱的小孩
什么事又让你大笑起来
亲爱的小孩
喔——
原来是妈妈为你送来了橡皮泥

望着站在教室外的妈妈
你如释重负
呵——
下一节美工课上
又可以
为老师制造一所房子
面朝大海　春暖花开

爱·歌颂　你好　亲爱的小孩

拿着橡皮泥的你
活像一个
黑白分明的大熊猫
亲爱的小孩
是谁让你开心地大笑
你毫不害羞地
用双手搂抱住妈妈的脖颈
轻声地说——
亲爱的妈妈　我爱你

喔——
贪得无厌的小孩
你居然要用它
来搭建你所有的梦想
你企图把你的全世界
都从天上搬下来

你说
风铃在我手上
太阳在我手上
妈妈在我心里
你在我心里
梦想在我心里
就像夜空闪烁的星群
我就是那颗
玫瑰色的天使

蝉鸣

——亲爱的小孩,你今天过得怎么样?

窗外
蝉焦急地呐喊
黑板上
老师的粉笔还在叽叽喳喳地叫个不停
夏天
融化了孩子的白日梦
树荫
偷走了多梦孩子的睡眠

村头水井旁
伸长红舌头的小黑狗
在寻找只属于它的冰淇淋
不知哪里窜出来的大花猫
一闪而过
叼走你的棒棒糖
留下了一个大大的悬念
让大人们去猜想

调皮的小黑狗和大花猫
还有老师那支可恶的粉笔
真的很烦人
我要蹚过那条河
奔跑过那片金黄的麦田
去追逐太阳

窗外
蝉焦急地呐喊
黑板上
老师的粉笔还在叽叽喳喳地叫个不停
你在操场上赤裸着上身挥汗如雨
只为了

那黑白相间的圆东西

你在小河里
鱼一样地扑腾
完全不像那些城市里的孩子
有着完美的装备
清亮的河水里映着你无牵无挂的胴体
你还为自己辩解——
鱼也没有穿游泳衣

哈哈哈
亲爱的小孩
河岸边　留下大人们爽朗的笑声和吆喝声
黄昏时分
你夹着你空虚的书包
和瘪瘪的肚子
回到妈妈的家里
妈妈轻声地问
今天过得怎么样?
你疲惫的四肢　瞬间有了活动
像跳跃的小鸟一般
生动起来

生活的责任

——你是长在妈妈身上的希望。

爱 歌颂 你好 亲爱的小孩

"鱼对水说
你看不见我的眼泪
因为
我在水里"

"水对鱼说
我能感觉到你的眼泪
因为
你活在我的心中"

你对我说
妈妈　你会一直爱我吗？
看着你天真的脸
我无可奈何地回答
会的　亲爱的
你是长在妈妈身上的希望

你是妈妈的梦想
在这个世界上
能叫我妈妈的
只有一个男人
这个男人就是你

亲爱的小孩
当你呱呱坠地的时候
看着粉红色的你
我早已激动得热泪盈眶
你是妈妈在这个世界上见到的
最神奇的东西

你一会儿
张大嘴巴哇哇大哭

你一会儿
嘟起小小的嘴吮吸我的乳房
你的小脚
在我的怀里乱蹬
你的小手
不停地在我的身体上摩挲

亲爱的宝贝
你可知道
妈妈在生下你之前
可是个害羞的少女
有着鲜花初绽般的娇羞

你温软的肢体
让我的小鹿
在心头乱撞
面对一个全然陌生的你
亲爱的宝贝
妈妈丝毫没有防备

当你开口
叫我"妈妈"
我顿时闻到一股
醉心的芬芳

凝望着你的脸蛋
我的一切娇羞
都化成了勇敢
从此　一个最伟大的信念
好好爱你　成为我
生活的理想

我愿

——这里是世界的中心,你就是世界的王!

亲爱的小孩
你能享受成长的快乐
这才是我的
毕生所愿

我愿给你和你的朋友
一座快乐的城堡
星空之下
有流水潺潺
在这世界的一隅
你可以　同星星一起谈话
天上云朵　也会停下来
欣赏你的城堡
倾听你快乐地歌唱

城堡里　绿草如茵
薰衣草成片成片
如同幸福的海洋
你用新鲜的空气和水
为它们灌溉
在那宽敞的喷泉池中
当牛奶和蜂蜜的混合体
纵情流淌
蜜波上　传送过来的
是装满水果和玩具的
月光宝盒

亲爱的小孩
天使般地徜徉
没有一切拘束地
感受普天之下的暖阳

爱 歌颂

你好　亲爱的小孩

亲爱的小孩
我愿和你一起
小兽般地奔跑
没有害怕
只有一往无前

小鸟成了你的朋友
白鸽是你的信使
那魁梧的变形金刚
是你的玩伴
在这里
没有　惩罚和责备
这里是世界的中心
你就是
世界的王

我知道

——让我们随风翩翩起舞，做个好梦！

在你那
稚嫩的手上
认真的脸上
写满五彩蜡笔的印记

我知道
你的眼中
你笔下的世界
也是色彩缤纷

比如蓝色的花
比如红色的天空
比如黄色的泥土
比如玫瑰色的云
比如你粉色的笑脸

在你哇哇地哭闹
和你有腔有调的歌唱中
我知道天籁之音
不是无缘无故的迷人

比如驼铃
比如浪潮
比如诗吟
比如落叶
比如我们之间的和声

你行走在黑白相间的琴键上
奔跑在过街的人行道上
我知道一朵花儿的绽放
也是需要五线谱的抑扬顿挫

爱 歌颂 你好 亲爱的小孩

人生需要规则
比如交通　比如球场
比如家园　比如课堂
比如万物生长
都会来日方长

亲爱的小孩
我知道
你灿烂的理由
我知道
你心中的所想
我知道
你笑容的密码
我知道微风吹来
你眼角滚落下的
快乐和忧伤

来吧
亲爱的小孩
让我们随风起舞
做个好梦
晚安——
宝贝

春天的责备

——我可没有什么记账单,把你的错误记下

春光明媚
你为什么要求全责备?

我的眼前
是满手满脸满身泥水的你
你的眼泪鼻涕口水
还有清洗画笔的自来水
混沌一片
像色彩狼狈的天空

有人无聊地面对着
美好的春天
常常责备你
呵!呸!
浅薄的人
只能看见龌龊

亲爱的小孩
在你的画卷前
我看到了鱼儿在戏水
猴子在蹦跳
我听到了鸟儿在歌唱
火车在鸣叫
当然我也看到了
你满世界的颜色和零星的泪光

别担心
亲爱的宝贝
大人们的工作间
也经常混乱不堪
妈妈们的厨房

也经常油盐酱醋张冠李戴
老师的讲台
也经常让人摸不着头脑找不着北

你想做什么
就做什么吧
我可没有什么记账单
把你做错的事
长长地记下来

请记住——
我是喜欢你的
亲爱的小孩
春天　真美
就让我们
走进这个春天
和春天一起　明媚

参与者

——你所做的一切，总有自己的理由。

亲爱的小孩
当你成长为一个
能辨别是非的少年
我已不再是你人生的裁判员

我只是你人生的参与者
你所说的一切
都是对的
你所做的一切
总有自己的理由

我知道你的长处
也知道你的破绽
我坚定地捍卫你说话的权利
我也洗耳恭听你自我解嘲的声音

你的缺点可以忽略不计
你的长处让你出类拔萃
如果谁要用
鹤立鸡群来形容你
我将和你一起
去和他决斗
如果谁要胆敢骂你
我一定做你的支持者
并且严厉地警告他

亲爱的小孩
只有我可以参与你的错误
哪怕是小小的失误
因为我一贯自信地相信
我亲爱的小孩　不会有错

吾生无错
是我一直奉为经典的教育哲学
记得那一天
一时失控
我用戒尺打击你的手心
当看到你流出眼泪的时候
我的心
其实也在流泪
连你的伙伴
也在狠狠地瞪我

在过后的日子里
你说你从未恨过我
鬼才相信你的话
相信你的
只有我
我很自信
你爱我
只是爱得不那么容易

大地

——大地的芬芳里，珍藏着你所有童年的味道！

爱 歌颂

你好 亲爱的小孩

亲爱的小孩
做游戏不需要什么正确的姿势
只要你觉得快乐
那缺少仪式感的执着
才是你最为快乐的
秘密

放肆地躺在大地的怀抱
匍匐于软绵绵的草地
打两个滚儿
赛几趟跑
捉几回迷藏
撒几泡童子尿
从树头的鸟窝里掏几只鸟蛋
照样快乐无比

亲爱的小孩
当企图引诱你进入更高级游戏的时候
我总强调
游戏规则的重要性

看着你　快乐的身影
目睹你　不解的神情
我呢——
却把时间和注意力
浪费在那些
我永远不能传递给你的东西上

你说
你对我的做法永远不懂
哦——

55

我在我的海洋里挣扎的苦痛
你也永远不会懂

只有你快乐的笑容
能够让我知道
你对大地
是那般的深情
泥土的芬芳里
珍藏着你所有童年的味道
我们称大地　是母亲
也只有大地母亲
才让你　情有所依
心有所寄

姓名

——如果你爱我，我就会捧住那一汪月光走近你。

生命本无姓名
可爸爸妈妈总要为你的名字绞尽脑汁

你说
我的名字和我的姓
有一段
很长很长的爱情故事
每当念起
总会在耳边荡漾起
羞涩的涟漪

看着你　清澈安静的眼睛
念着你　好听的姓和名
我的祝福
也如约而至

你喜欢做自己的事儿
喜爱自己喜爱的玩具
无人　可挡
无人　能敌

你是个有思想的人儿
每当你专注于一件事
抬头凝望远方时
我总能看到你
未来的模样
一个青年
一个中年
乃至一个老人的沉思
便印在遥远的天际

爱 歌颂 你好 亲爱的小孩

你说
当月光洒满大地
我要去偷走月亮
送给我最亲爱的妈妈

我笑了
亲爱的小孩
你是我见到
最傻的孩子
月亮好远
宇宙好大
你如何才能与它分庭抗礼？

月光下
你搂住我的脖子
告诉我
你看
月亮就在你眼里
你看我　有多远
月亮就离我有多远
如果　你爱我
我就会捧住
那一汪月光　走近你

飞翔

——一呼一吸间的挣脱，是你有力的飞翔。

老师——
老师——
站在山巅之上的人儿
对我呼喊

我想知道飞行的快乐
你可以告诉我吗？

我想和云彩一起
在天空中牵手散步

我说——
但是　请你回答我
亲爱的小孩
是谁给你这般的勇气
你可有天使的翅膀？

你回答——
银色的月亮那么美
黄金色的圆球多光辉
我要和她们在一起

于是　你
挑衅般地
冲我狡黠一笑
凌空而去

一呼一吸间的挣脱
是你有力的飞翔
空中的弧线
异常华丽

爱 歌颂　你好 亲爱的小孩

停在云端上的人儿对我喊道——
我要飞得更高
请将你手中的风筝线紧紧抓牢
我想我会回来的
这次旅行
我只在你的视野里行走
不会有危险
不会有意外

我说——
但是　请你回答我
亲爱的小孩
阳光照耀你的勇气
月光给你安上翅膀
你可曾和我
一起放肆地飞翔

这是你的回答——
傍晚时分
你把我们送出校园
我有些依依不舍

我怎么能离你而去
于是
我们微笑着对视
微笑着互道晚安
又微笑着说着早安

新的太阳
照常升起
爱做飞翔梦的孩子
依旧灿烂

邮票

——就让这春天的风儿，捎上你的美好。

你把头躲进春天的睡袋里
一声不响
我在外头拼命地呼喊你的名字
你鼾声如雷

俗话说得好
春天不是读书天
古人也曾云
春眠不觉晓
处处闻啼鸟

睁开了惺忪睡眼
你说
妈妈　这儿不好玩
请在我的睡袋上贴一张邮票吧

什么？
我望着你　有些惊愕
你说——
把我邮寄回我的学校
我想念我的老师和我的同学了

你说——
我要把校园的花香嗅一嗅
我要变成花仙子装扮春天

你说——
我要老师再给我讲一个故事
然后再去踢场球

听着你有趣的想法

我仿佛也
嗅到了春天的味道

来吧　亲爱的小孩
我成全你
灿烂的愿望
就让这春天的风儿
捎上你的美好

快点来
快点来
我祝福　勤劳的邮差

世界上只有我们两个人知道
你是　从哪里来
要到哪里去浪费你的美好

谢谢你
亲爱的邮差

童话

——美丽的童话是为好人写的！

如果你知道九色鹿的住所
一定不会去国王的宫殿里告密

国王宫殿的墙壁是紫色而庄重的
国王宫殿的屋顶贴着闪光的金子

皇后肯定是这个国家最漂亮的女人
皇后身上的衣服也一定是珍贵的貂皮

不过
亲爱的妈妈　让我悄悄地告诉你
我的宫殿就在我们家阳台的花盆里

我在那里安放着我的秘密
等到春天绽放
我童话里的人必定好人有好报

从前的童话里必然有一个国王
从前的国王必然拥有一座城堡

从前的城堡里必然流传一个动人的故事
从前的故事结局必然是皆大欢喜

如果你知道九色鹿的住所
一定不会去国王的宫殿里告密

因为国王的赏金不能收买你的良心
不过
亲爱的妈妈　让我悄悄地告诉你

我的老师就是这样告诉我——
美丽的童话是为好人写的

爱
歌颂
你好　亲爱的小孩

成为船长

——我要快快长成爸爸，我要成为自己的船长。

亲爱的妈妈
天空变成红色的了
太阳变成方的了
星星比月亮还要亮
那飞行的蜻蜓比飞机还要快
可我不知道
这是为什么？

亲爱的妈妈
我的玩具跑到哪里去了？
我的作业本已经被我藏起来了
你看那小猫嘴巴里叼着的
正是我的橡皮泥

亲爱的妈妈
我要告诉你
今天是星期天我不用去学校
请不要再逼我做那些无聊的作业

亲爱的妈妈
请放下你手中的吸尘器
安静地坐在阳台上和我说会儿话
请告诉我
童话的森林里
还会不会有狼外婆？

亲爱的妈妈
我要一艘大邮轮
我想环游世界
你会陪我吗？
海洋上会有风浪

我需要你给我勇气去战胜它
岛屿上会有毒蛇野兽
我担心自己会狼狈逃窜
天空中会有电闪雷鸣
我头顶可没有避雷针

亲爱的妈妈
把我所有的作业本都放在书架上——
请不要催我现在就做功课
我要长大
我要快快长成爸爸
我要成为自己的船长
学到航海的本领
去乘风破浪

你的星空里有我的仰望

——你的眼睛触碰着我的眼睛的刹那，我们的想象同时停留在那个爱与被爱的预言之中。

葱郁的远山
明媚的春光
清晰流淌
深蓝的星空中
闪烁的星辰眨着亮眸
如梦幻一般

你的眼睛触碰着我的眼睛的刹那
我们的想象同时停留在
那个爱与被爱的
预言之中

我行走在你的故事里
重复着我
曾经的山野
曾经的江河

亲爱的小孩
我将把什么遗留在你的生命里？
是由春至秋的耕耘
是心灵溪水一脉相通的清亮
是彼此心有灵犀的歌唱

那就让我们
穿越不可言说的美妙星空
那就让我们
静静地仰望

把我们心中的那份
春意与渴求
凝聚在天上

奔涌在心头

亲爱的小孩
请张开你
稚嫩的手
掬一捧星光

带上无限的虔诚
接受洗礼
守望美丽的家园
地久天长

千纸鹤

——把美好带到远方,把远方带给远方。

我每天都要为你
折一只千纸鹤
自从我知晓
千纸鹤的意义

我把我折叠的千纸鹤
悬挂在半空
我用彩笔写我的名字
连同我的祝福写在鹤身之上

我希望我的小伙伴
我的妈妈和我爱的人
都会得到祈福
我把一颗颗相思的红豆
镶嵌进鹤的翅膀

希望这些生于南国的星斗
能进入所有人的梦乡
把美好带到远方
把远方带给远方

我扔我的千纸鹤到空中
看着她 优雅地滑翔
那抛物线上
有风的痕迹在亮

我不知道
星星是顽皮的
我不知道
我的伙伴能不能听到我的歌唱

夜来了
我把脸深深地埋进臂弯
梦见千纸鹤飞进万家灯火的厨房
烹饪出一桌桌饭香
温馨着和平的夜晚
安慰着游子的心房

风啊　你慢点　再慢点
不要吵醒树上睡觉的鸟儿
梦啊　你柔点　再柔点
亲爱的小孩就在梦里
我的千纸鹤载着他轻轻地
滑翔——
滑翔——

渔夫普希金的船
安静地泊在码头
满船的鱼儿活蹦乱跳
仿佛在载歌载舞

每个人都需要一次停泊
哪怕是一次短暂的停留
只要给我一支健硕的浆
还有一条长长的堤岸

但是
亲爱的小孩
这次远航　非比寻常
请带上我的祝福和神佑
请不要逞能和贪得无厌

渔夫和金鱼的故事
就是前车之鉴
我只愿你在大海里尽情遨游
至于能不能成为故事中的王子
其实已经并不那么重要

我只愿你
避开一切凶险和无情的海盗
至于是不是晚上归来鱼满筐
其实并不那么重要

亲爱的小孩
望着你的归帆
我早已是喜出望外
每个人都需要一次停泊

泊岸

停靠，将爱意吸纳，因为明天你又将出发。

哪怕是一次短暂的停靠

你的船——
你的桨——
你的帆——
都需要依靠在属于自己归来的岸

停靠
将爱意吸纳
因为明天你又将出发
今晚
请枕戈待旦
也请享受　我的爱意与缠绵

摆渡人

——我要满载一船星光,从此岸抵达彼岸。

我眼前是一条并不宽阔的河
波光粼粼　　清澈见底
我渴想游到河的对岸
可惜我不会游泳
只好望洋兴叹

我渴想有一个摆渡人
哪怕是一支长长的竹篙
也可以支撑起
我小小的野心

看着对岸荷锄的农民
奔跑的机器
田野间的牧人
还有森林里鸣叫的小鸟
我无可奈何地望着天空发呆

天空没有海洋
我也没有翅膀
谁能成为我的摆渡人?
谁能倾听我内心的嚣张?

亲爱的妈妈
如果你爱我
请在我成长的时节
赐我一艘载梦的船
我一定会是一个称职的船长

我要满载一船星光
从此岸抵达彼岸
那里鲜花盛开

我要加入百花的盛会

我摇身一变成为百花仙子
沐浴着美丽的晚霞
在草长莺飞的春天里
让我们一起邀约

月光洒在幸福的草地上
妈妈　你亲爱的小孩
此时此刻夸张的表情就写在脸上
那行船过后的水痕
是我
经久不息的笑容

毕业季

——今后我会从别人身上想你，就像你也会想我一样！

夏雷响过
六月的雨降落在运动场
起跑线　清晰可见
比往日更加鲜亮

经过早晨的阵雨洗刷
树叶上有柔柔的光
孩子的脸上
写满了离别的异样

亲爱的小孩
记住那些欢乐的生活
看那迎春花树影还在摇晃
在这生如夏花的毕业季
让我们愉快地告别过往

我记得
我曾经说过——
美好的童年终将过去
我期待
你英俊的模样一如既往

亲爱的老师
您的信念如同您的眼睛
又大又亮
如果这六月的离别
我哭了　请您——
记住我的笑容
记住我的美丽
我的青涩迟早会成长为丰满的太阳

月有阴晴圆缺
明天我又会
穿起花的衣裳
五彩斑斓地奔跑在您的星空下
永远把您仰望

亲爱的小孩
路　就在你的脚下
愿你有一个灿烂的前方
愿你成为一个有理想的人
敢于付出行动　直面阳光

等到夏雨　再来的时候
我们　便放假了
今后　我会从别人身上
想你
就像你
也会想我一样

第三辑

我知道那一池柔波里 有少年美好的向往

礼物
—— 关于儿童节的联想。

全世界都在狂欢
为了这幸福的一天
不管是东半球
还是西半球
不管是山的这一边
还是山的那一边

校园里到处是忙乱的蜂和蝶
狂躁地落在迎春花上
这个繁忙的村庄
使我好奇的
永远是那个酋长
还有那个布道者
那本厚重的书

我知道没有谁值得你去仰望
你一直追问自己——
从哪里来
又要到哪里去
其实这个世界
何其幸
又何其不幸
都是因为这个
简单的问题

亲爱的小孩
不要忘记自己的不幸
也不要不记得
我们的荣光
对于——
从前的我

爱 歌颂 你好 亲爱的小孩

今天的我
未来的我
也并不觉得难为情

亲爱的妈妈
我要为你　在花园里
种植金黄色的玫瑰
亲爱的爸爸
我会如你所想
像男人一样长大
争夺回你
曾经失去的领地

亲爱的老师
你站在讲台上
也会像那个凯撒有着铁血般的柔情
手里供奉着
一个平凡者的
——史诗

亲爱的弟弟
让我们一起
朝着太阳奔跑不停
你能看见的
只会是我远去的背影
和我遗落下来的那支
英雄牌钢笔

伞下

——看着你的长睫毛和闪烁的大眼睛，我仿佛看见一片海。

我愿像蓬头的娃
站在这个夏天的雨里
接受痛快的淋漓
那通透的洗濯直达心底
仿佛经历一场上天的恩赐

雨啊——
疏疏密密
淅淅沥沥
我甩开脚上的鞋
撒开脚丫子
在雨中疾行
不问前方　不问脚下
任由那雨水顺着我的头发
丝丝缕缕
顺流而下
热热的
滑滑的
有温度的灌溉

亲爱的小孩
在你的文字里
我欣喜地结识了你
也在那个雨季

你朝着我奔跑而来
你撑一把小花伞
你对面的女孩有点害羞
你在雨中奔跑
你又迅疾地逃离
你最后一头扎进我的伞下

我的心便如春暖花开
你大胆地望着我
牵起我的手
看着你的长睫毛
和闪烁的大眼睛
我仿佛看见一片海

你笑了
我笑了
我们都笑了
那天以后的日子
我们每一次的相遇你都会说
老师——
我好爱你

做一条快乐的鱼

— 流水因畅游而显现出傲人的弧度，有一种透明纯净了你我的心！

雨过天晴
天终于晴了

青草一片
远天一片湛蓝

我使劲地呼与吸
像个贪婪成性的强盗

风吹过树枝
吹远了蓝天　吹远了白云

由远及近的口哨呼朋引伴
我和你面对面　手牵手

小河哗哗地喧闹　轻快地流淌
鱼儿俏皮地跃入水中

在童年的微波里我们悠闲地吐着泡泡
自由如星星停留在夜空

亲爱的小鱼儿　让我轻轻告诉你
灿烂的星空才是你最自由的王国

亲爱的小鱼儿　晨光中
你可以尽情遐想享受属于自己的梦幻

流水因畅游而显现出傲人的弧度
有一种透明纯净了你我的心

如果真的是这样
每个人都渴望着跟鱼一样的生命

普天之下劳碌的人们
都像那些只有七秒记忆的鱼

让我们做一条在星空里久久遥望的鱼
拥有七秒的记忆　已经足够幸福

面对一朵花开

——我知道在那一池柔波里，有你少年美好的向往。

当我与你凝神的一刹那
我仿佛面对一朵花开

我们彼此倾听
就这样静静地听

我们对着彼此的心
就如同凝听着你我相同的心跳

我们彼此爱抚
就这样轻轻地摩挲

对着你娇柔的蕊
我生怕惊动你的梦

就这样在晴朗的春天里暧昧
就这样彼此忘情

就这样在寂静的冬阳里渴望
你透明的眸里流淌着无限的欲望

我知道在那一池柔波里
有你少年美好的向往

就这样桃花映红了笑靥
掬一捧你的倒影默默地在心间感动

我的唇齿间顿时渲染着丝丝甜香
绚烂了味蕾　装点着我的梦

爱 歌颂　你好 亲爱的小孩

我愿意我是

——你们每天像时钟一样守护在我的身旁。

早晨　时钟敲响七下
我正沿着那条斑马线
从容地走过
我的书包　沉甸甸的
把我的身体压得左右摇晃
每天我都会遇见那个警察
他冲着我说
"早安！亲爱的小孩！"
他的身体笔直　像一棵树
他的眼睛像猎豹
他三十多岁了
还没有女朋友
我愿意我是一个警察
在斑马线上
度过美好的一天

中午太阳在头顶上
炽炽地照着
我从教室走向食堂
依旧是那个橱窗
依旧是那个　漂亮的厨娘
她舞动起手中的勺子
要怎么自如　就怎么自如
她沾上油渍的衣裳
还浸透着
今早太阳的味道
却没有人去心疼她
谁知道盘中餐里的辛苦与心安
亲爱的厨娘
我愿意我是一个厨娘
身上总有菜根香

天黑了
妈妈来接我放学了
挥别那个警察
那个厨娘
正在洗涤自己带有太阳味道的衣裳
而妈妈
此时却守护在我的书桌前
我看见了　妈妈的白发
我看到了　妈妈的疲倦
我愿意我是　一个妈妈
每天像时钟一样
守护在
她的孩子身旁

父亲的天空

——秋天山泉水的叮咚，比不上静夜你有力而雄壮的鼾声。

白昼那么远
黑夜那么深
天幕流连的星星　聚集成河
躲在父亲的树下
看那些快乐鸟儿
安静地飞掠过我的上空
逃一样地冲出我的眼帘

鸟儿的叫声　响成一片
把我夏夜里的梦搅乱
它们是一群幸福的族类
就像父亲故事里的人物
总会有一个幸福的结局

残夜将近
父亲的故事还没有讲完
是哪颗星辰的眼睛
第一个　先于我关闭？
带着它的秘密
和夜晚不曾收尾的故事
坠落凡间
沉浸在痴痴的鼻息声声里

夏天池塘里的蛙鸣
秋天山泉水的叮咚
比不上静夜　你有力而雄壮的鼾声
夜空中　那轮金黄色的圆圈
格外诱人
我极目遐想着牛郎织女的身影
也许它们　只是一个美丽的传说
但给人们留下的　却是对浪漫的憧憬

倾听

——春天不再是一个盛开的动词！

每当你试图去
接近一朵花的时候
总会不由自主地想——
一朵花开是不是会有绽放的声响

你在那儿专注地听
我在这儿专注地想
是的——花开有声
花开的声音是极轻柔的
她还没有足够的张力将你的耳膜震响

花开花落
是花儿生命的自然
倾听　是对生命的
尊重和仰望

亲爱的小孩
生命是一次倾听
你用心专注
所以你能听到风的回声

听——那田野的上空回荡着天籁般的声音
一缕又一缕的　如经纬密布
凝听人的耳畔　升华起
永恒

春天花会开
春天不再是一个盛开的动词
所有人　都需要一次聆听
花儿也不会无动于衷
花开的季节　总让人心动

爱

歌颂

你好 亲爱的小孩

别惊动了春天

——春来了,远远地朝着我们张开了笑脸。

春来了
远远地朝着我们张开笑脸
我们咯咯咯地洒下串串银铃般的笑声
嘘——嘘——
你把食指放于唇边使劲地吹气
小声说　你听——
花儿在唱歌

我相信了　竖起耳朵
听呀——听呀——
一朵——两朵
一瓣——两瓣
累坏了我的鼻子
忙坏了我的眼睛
咯咯咯……
我们洒下一串串银铃般的笑声
你说　花儿在唱歌
我为什么没有听见

花儿会唱歌　我相信了
于是整个世界都在唱歌
那歌声是从你心底里
悄悄流淌的私语

阳光下　教室里
操场上　大树下
洋溢着的正是你最美的歌声
你是——
苏醒了的春笋
伸个懒腰　　长一节

舒展眉眼　　长一节
向上——向上——
再向上——

你是池塘里的雨点
欢快地跳跃不停
作业本上
你得到的赞扬最多
小岛上
你和小猴一起呐喊
这儿真好！
你说——
你最喜欢夏天满地的花儿
这里一朵　那里一朵
你说——
你还喜欢在春天的夜晚数星星
这里一颗　那里一颗

亲爱的小孩
你就是那娇艳的花朵
你就是那闪光的星星
这儿一簇　那儿一簇

春来了
远远地朝着我们张开了笑脸
我们咯咯咯地洒下串串银铃般的笑声
嘘——嘘——
别惊动了　这春天……

爱不遗忘

——用足够的细腻去寻找爱与被爱的机缘巧合。

一生很长
一生只做一件事
用足够的时间
足够的空间
去成全　一个欲望
一个关于爱与被爱的欲望
这很难
我经常这么想

我爱蓝天　恨不得天天天蓝
我爱大海　恨不得一往情深
我爱森林　恨不得千树成林

你的眼睛在哭泣
可你的嘴巴在欢笑
你积极　又消极
你严谨有加
却又邋遢得让人抓狂
你时而像个快乐的王子
王子时而也很忧郁
像王子复仇记一般地折腾着自己

亲爱的小孩
生活的哲学繁冗又简单
生活是一门爱与智慧的课程
接纳还是逃跑
是值得认真思考的问题

一生很长
一生只做一次寻找
用足够的时间

用足够的细腻去寻找

爱与被爱的机缘巧合

这很难

不过

我依然痴迷于 寻找

因为爱 不能容忍忘记

爱在前方

前方有 知己

浪费美好

——生活就是这样无休无止，没有意义才是最有意义。

亲爱的小孩
我想和你一起浪费美好的时光
比如　朗读一首诗
比如　对着天空出神
比如　把鼻子对着一朵花
浪费赞美她的句子
辜负她扑鼻的芳香

我还想和你一起
浪费晴空万里
比如深呼吸
比如一直仰望到星光满天
比如把思想游走在白云之上

我还想在落雨季节　和你一起
双脚踩着水花
在田野里奔跑
我举着你的手
你牵着我的衣襟
倚云一样相互依靠
飘入云深不知处的未来

我还要带着你的
最青春年少的行囊
去看世界太平
去登上最接近太阳的山巅
去荒废生活
直到你——
累了　饿了　睡了　梦了

但是　亲爱的小孩
天明　我们仍将继续出发
去看草原
去看沙漠
去看大海
去看峡谷
……

生活就是这样
无休无止
没有意义
才是最有意义

亲爱的小孩
让我们一起浪费
诸如此类的没有意义
比如面朝大海
比如等待春暖花开

爱深沉

——光阴的彼岸有你明亮的深情。

轻轻的
映入我的眼帘
捡拾记忆的落叶
心头便起了潮涌
眼睛里
有雪花盈盈

轻轻的
进驻我的心间
融化往日的思念
一股暖暖的流淌
流向你的瞳仁
把心海照亮

岁月的树
依旧常青
光阴的彼岸
有你 明亮的深情
忽轻忽柔地 撞击着
我最易碎的窗

在春光浅浅里
你带来一束浅浅的微笑
在我的低眉处
深情
揉碎我
一帘华丽的幽梦
也许 一别 就是一生

我不知道
会在哪一刻 在那时

我不知道
会在哪一地　在那里
日色灿烂了我的激情
月光涂抹着我的相思
风在吹
雪在飘
谁能　不沉沦？

我不知道
会在哪一刻　在那时
我不知道
会在哪一地　在那里
与你只道　　当时是寻常
与你重逢　　在重逢之时
在岁月念念里
能抚慰我的
唯有你　那淡淡的眼神

我不得不在心中念起
艾青的诗句——
为什么我的眼里常含泪水
因为我对这土地爱得深沉

我把自己走丢了

——「我不知道我是谁了」

我把自己走丢了
我想找回来

走在寂静无人的夜里
我逢人便问
"我不知道我是谁了"

我的心啊——
一半是海水
一半是火焰
被水沉浸得面目全非
被火燃烧得遍体鳞伤

我逢人便问
"我不知道我是谁了"
我是如此不堪
目睹别人把自己
装扮成一个小丑
"我不知道我是谁了"

每天 在 A4 纸上
我重复着写自己的名字
渴望着 找回自己
春去春又回……
我逢人便问
"我不知道我是谁了"

多么令人叹息的句子
在英雄的墓碑上
我曾看见自己的名字
上面还写着

高尚者的碑文
而那些卑鄙者
全都兴奋地活得更好
还加入了《义勇军进行曲》的大合唱
像秋风秋雨
他们
在唱　在呜呜哀鸣
嘘——
还请不要念响那些无耻的姓名
一个又一个
让我厌恶

我逢人便问 ——
"我不知道我是谁了"
我想打电话给我的妈妈
听听　她的声音

> 对着一杯水说我爱你
>
> ——爱，才是我奔跑的力量。

她说
对着一杯水
说我爱你我爱你我爱你
经水煮出来的茶汤
必定会有丝丝绸缎般细软甜香

她说
对着一个孩子
说我爱你我爱你我爱你
必定会有一番惊喜
让你不胜期待与凝望

水说
因为你爱我
所以我心有灵犀地向往

一个童稚的声音说
因为你爱我
我才生长
我懂得
爱　才是我
奔跑的力量

一只孤独的猫

——一个爱猫孩子的自言自语。

孤独像个巫师
在天黑的鬼魅里晃动着身影
一个恐惧的梦一直做到天亮

刷牙时死命搓揉惺忪的睡眼
谁又能知道
今天是阴还是晴

伤心时我就抱着猫诉说真相
比你更可爱的是
那只懒惰的猫咪叫黑妹

爱吃酸奶从不忧愁的是那个胖子
看电视也躺在我怀里
我们一起欢呼

随着音乐节奏你还能跳舞
和鱼缸里的鱼
也要打声招呼

如果明天我还不能释怀
伤心时抱着你
我就不想哭

天色将晚动物们要归巢
我的猫们我亲爱的朋友
离人类太近

如果能变成一只猫
我的孤独就不再
流落街头

对着天空发呆

——我像井底下的那只青蛙,有鸣叫也有欲望!

软布鞋　田埂上
我一路走来
闲来摩挲石头
也爱青梅煮酒
至坚　也至柔
至亲　也至爱
山峰和海洋
那些高大的身躯
已荒芜一生
现在我只专注粮食的价格
和今天中午菜汤的咸淡
至于现实以外的东西
我一概不想知道……

午后的时光
我会对着　天空怀想
鸟儿的飞翔
似乎能唤醒我的梦
可我已经不能展翅翱翔
将一扇门打开
又关上一扇窗户
往复开合间　每有妙意
我就忘记了自己

我像井底下的那只青蛙
有鸣叫
也有欲望
在峻峭处攀爬
在固守处示人以春天的渺茫

有时候

面对一粒种子的力量
惊喜　又虚妄
恨不得像钉子一样
钉入大地
听大地的呻吟
我问自己
为什么我不能倔强地生长
一时间　我竟忘记
我的眼睛里　渐渐
有了泪光

一粒种子的亮相

——簇新的索引,簇新的知觉,簇新的启蒙,让我们展开一场簇新的旅行!

黑夜走出黑夜
夕阳回眸夕阳
黑夜是一场孕育
夕阳是一次重逢
而遗落在晨间的梦
才是一粒种子的生长

亲爱的小孩
我每日都在彷徨
你拥有梦想
也有生长的力量

亲爱的小孩
我每日都在忧伤
我种下了龙种
而收获的是跳蚤
可这个担忧
不只是海涅一个人的事儿

亲爱的小孩
你就像一粒种子
我每天都见证你的成长
每天和你一起
培育理想的种子
长出参天的希望

黑夜走出黑夜
夕阳回眸夕阳
黑夜是一场孕育
日出是一次降生
而这中间梦的生长

有无数种可能与不可能

像妊娠到分娩
不可重复的耕耘
不可重复的过程
不可重复的阵痛
不可重复的啼哭
而始终陪伴你的
是爱与痛的轮回

那挂满霜落的树叶
还有带着泥土芬芳的风
远山流动的氧气
捎来燕子生动的呢喃
像破壳而出的雏鸟
那东方欲晓的鱼肚白
是天地间
最纯净的颜色

晨光以降
长夜漫漫
曾经偃旗息鼓后的嘹亮不再
而富有神性光辉的夸父
又隆重登场

所有的光荣与梦想
所有的爱恋与路向
所有生命的原始迹象
在此时在此刻充满了无限的遐想

亲爱的小孩

爱
歌颂
你好 亲爱的小孩

透过橘红色的剪影
我看到了你
生命的模样
簇新的索引
簇新的知觉
簇新的启蒙
让我们开始一场簇新的旅行
至于那粒种子
则是一场
美学意义上的亮相

口头禅

——「不着急,慢慢来」是母亲的口头禅。

"不着急,慢慢来!"
这是你从母亲那里
听到最多的一句话
"不着急,慢慢来!"
后来啊
也成了你的口头禅

那年生日
只有你和母亲
你和母亲相互依靠
生日蛋糕上的蜡烛泛着微光
映照着你和母亲的脸

母亲说
不着急　慢慢来
亲爱的女儿
我们会拥有一座大房子
明年的生日
一定会有一个更大的蛋糕

母亲是个老师
她——
有许多亲爱的小孩
而你
是妈妈
最最亲爱的

大学毕业那年
母亲催促着你——
快给老妈找个乘龙快婿
快把自己嫁出去

你冲着母亲做了个鬼脸
不着急　慢慢来
我还不愿做别人的新娘
我只想做妈妈的女儿

后来
你遇到了自己喜欢的人
终于在一个明媚的春天
做了别人的新娘

后来　你
也做了妈妈
也做了老师
还有了自己亲爱的小孩
还有了自己的一群亲爱的小孩

那些亲爱的小孩
个头有高有矮
那些顽皮的小孩
成绩时好时坏

你经常抚摸着他们的脑袋
轻轻地说
不着急
慢慢来

"不着急，慢慢来！"
于是　也成了
你和你亲爱的小孩们的
——口头禅

亲爱的小孩
念着口头禅成长
就像窗外那棵翠绿的杉树
那样茁壮

亲爱的小孩
念着口头禅茁壮
很快他们都长得
有模有样

在老师的生日那天
亲爱的小孩
对老师做着鬼脸
却又满心欢喜地
面对着蛋糕
异口同声——
"不着急，慢慢来！"

亲爱的小孩
异口同声地呼喊——
老师——
我们还要听一遍
你的口头禅

亲爱的小孩
换了一届又一届
老师——
我们还要听一遍
你的口头禅
一直激励着
亲爱的小孩
走向已知的　未来

我在黎明看到自己

——我无法带你到达很多地方,但你可以抵达我的心里。

我无法带你到达很多地方
但你可以抵达我的心里
有时候心在痛
是因为你的脚步踩着我的心跳

你教会我美丽的哀愁
我的心　从来没有消停
我在黎明看到自己
听世界的声音

世界记不得我的模样
我已经把它背叛
只有在你的怀抱之中
我才会露出顽皮的笑容

有谁知道
你让我以羞赧的方式领悟一切
我把这世界当作陌生人
我对着你发出的邀请

那是一道幸福的闪电
活着　只是为了活着
就让我们彼此祝福
愿一切祝福成为现实

唯有你最清楚
凡在母亲手上　站过的人
终会因诞生
而死去

我必须回到这里

——这是我们之间的秘密和承诺。

我必须回到这里
扬净心底的沙粒与尘埃
替一棵树
赞美另一棵树
为一个人
去颂扬另一个人

来到这里
只为那片天空
只为天空下的那片绿叶
执着　只为放下
最初的心　最初的梦想

喜欢只是短暂的喜欢
爱才是恒久
我没有资格以一个东道主的身份去迎接
那我就和你相约
就让我替你
活着
写着
爱着……

这是我们之间的
秘密和承诺

爱 歌颂

你好　亲爱的小孩

河流在转弯的时候是有梦的

——断了一切念想,舍了所有荒唐,离开心头的沙粒和种子,从一块麦田的寻找开始。

在路边　母亲折一根桃树枝给我
说　带上吧
然后帮我把背包扶正
和母亲告别的那天
我并没有方向感

手握着一张纸质的车票
我摸到了自己的肋骨
从上摸到下地数着
从故乡摸到他乡
我摸到了孤寂的疼

我经常会说服自己
断了一切念想
舍了所有荒唐
离开心头的沙粒和种子
从一块麦田的寻找开始

我告诉我的心
我必须回到那里
做一株植物
去赞美另一株植物
在繁华之中你没有资格谈论孤独

你看
河流在转弯的时候是有梦的
浪花是梦　　小鱼是梦
水草是梦　　蜻蜓是梦
春风乍起
你心中便滋生出万千条河流

神啊

——既然生命花开，那就心向远方。

风如果吹得再深情一些
那朵花将是一枚戒指
蝴蝶翩翩飞来
停在我的无名指上
诗一样精致
不是簇新的模样
还带着温度和体香
仿佛神的恩赐
神啊
快给我一双翅膀
我要载着我们的名字飞翔
既然生命花开
那就心向远方

我把我的瞳沉入你的眼睛
于是　我看见黎明
我瞥见你　悲悯的海
和古老的昨天
看到海市蜃楼的奇景
美目盼兮　星光流转
在你的眼睛和我之间
闪亮——

美目盼兮

——一片深情的海映照在你我心中。

诞生

——粉红色的花蕾开始绽开,照亮了我的世界。

月亮还没有出来
一个孩子就诞生了
躺在白色的床单上
就像月亮落在一片云上

粉红色的花蕾开始绽开
照亮了我的世界
在摇篮里发光
和宇宙中的星星没有什么不同

爱 歌颂 你好 亲爱的小孩

长成你喜欢的样子

——堆雪人的黑孩子，在雪地里黑白分明。

在无限荒芜处
拣几根枯枝
如桃木般拿在手里
——仿佛生来如此
就可以一路平安地避开那些凶险

我想　从今以后
在世界任何一处
也不会有人迷信
也不会有人相信
这种书里书外的谎言

寥寂如雪　冷冷的霜天
但世界的冲动依然难以遏止被消融的激情
堆雪人的黑孩子　在雪地里黑白分明
淘气的雪球和石块在攻击我的后背
我大笑着落荒而逃

他们总是不能击中我的要害
他们那么接近我的童年
再凶悍的梦
再狠的诅咒
也不能动摇我顽劣的天性

我知道数十年后
他们之中
必定会有一个人长成你喜欢的样子
我此刻　看到一片大好的世界
独一无二的大好世界

月亮和星星是一对母子

——以纯的白,以赤的诚,坦然以对。

江山在月光下安静
月亮和星星是一对母子
和万物一道
新的一天
永远属于我们那一轮共同的太阳
随时可以把全世界照亮

以纯的白
以赤的诚
坦然以对
走过我们的
一天又一天
一年又一年

多梦的年龄

——用飞翔的舞蹈在飘渺间虚无！

夏季的风
在绿草中徜徉
不眠的人们　忘情其间
你唱　我们的祖国是花园
歌声少有的欢快
我忽然想起我的少年

那个夏天　那个花园
那片瓜地　那条清亮扑腾的河水
你我的屁股仰望着天空
岸边的行人　荷锄走过
他唱　走在乡间的小路上
今天听来　竟然瞬间泪流满面

你来自比天空更遥远的天空
你触摸云和星星
凭你多梦的年龄
用飞翔的舞蹈在飘渺间虚无
今夜有更多的梦会被照亮
因为明媚的你
就是那道幸福的闪电

愿明天就像今天一样

——昨天的不快我已经记不得,我只记得今天的好。

昨天的不快
我已经记不得
我只记得今天的好
我只想
炖一砂锅浓汤　最好有几块肋排
焖一煲米饭　米要硬一点有嚼头
未必有酒
但
我必须在
你必须在
他必须在
吃饭时可以吧唧嘴
喝汤时可以发出声响
餐桌上　不必有桌布
抹布必须是干净的
我爱这人间烟火味
如此
从容
不迫
愿明天就像今天一样
只是骨头汤里
可以再加一些冬瓜

生日歌

> 普天下的母亲都能很伟大，那就让母亲的英雄们，举起酒杯饮下这盛开的幸福。

在你的生日里
我要唱一首我自己的歌
我歌我的母亲
我是母亲身上掉下的一块肉
我甚至想重新回到那一天
回到母亲阵痛的那一天

那一天
母亲和父亲脉脉含情
那一天　秋分起兮我瓜熟蒂落
呱呱坠地时我的小脸红彤彤

算命先生说
我天庭饱满地阔方圆
必有锦绣前程
父亲的快乐显而易见
酒精把他变成让人沉醉的尊神

祖母背上从此多了块
被她视为珍宝的肉疙瘩
她用自己编的儿歌
鼓舞着她的三寸金莲
把田间地头的土地丈量了一遍又一遍

母亲的痛苦产生了
人类的老师　和伟大的先知
那些前来贺喜的礼物
在摆放着各种喜庆的宴席上
熠熠生辉

在母亲的笑容可掬里
在这个秋天的丰收里
我是一枚小小的果实

喜庆丰收的摇篮曲
陪伴我
直到忘记它的曲调
可是我始终忘不掉的
是那唱歌的人

在你的生日里
我要唱自己的歌
请你仔细听——
我在这个生日里讲述
另外一个关于生日的故事
就如同我们共同拥有一个母亲是祖国

普天下的母亲都能很伟大
那就让母亲的英雄们
举起酒杯饮下
这盛开的幸福

我要把今后的每一天过成史诗
大地之子拥有朝圣的权利
至高无上
不论男人　　还是女性
不问是巨人　　还是侏儒
天地之间
我们都是母亲的英雄
直到埋进黄土

在你的生日里
我要唱一首自己的歌
亲爱的母亲
唯有你的痛苦才能　成就
今天的我
今天的祖国

爱
歌颂
你好 亲爱的小孩

晚安　小鸟

——筑一个温暖的窝，足够盛下这个冬天的幸福。

你好　小鸟
今天为什么起得那么早
是什么喜事　让你如此这般
喜极而泣

哦——
我看到了你的巢
巢破了
是被你捡来的那些石头压垮了

亲爱的小鸟
你为什么要这样的贪心
那些石头坚硬如铁
又不是你舌尖上的佳肴
即使是美味
衔回来的数量只要足够一天的消耗
也就可以了
因为明天
我们还要照例出操

你好　亲爱的小鸟
让我们一起来帮你筑巢
筑一个温暖的窝
足够盛下这个冬天的幸福

好了　小鸟别哭
回到自己的巢
睡个好觉
做个好梦
睡梦里愿你遇到你的幸福
晚安　小鸟

爱歌颂　你好　亲爱的小孩

第四辑

那首远去的歌儿　化作一道幸福的闪电把我们照亮

那一天

你的存在就是要用尽一生的力量成就一个梦。

那一天　我曾把你举过头顶
那一天　我问你在我的头顶上看到了什么
那一天　我牵着你的手走过街角
那一天　你对我说你的脚步太快
我快跟不上了

那一天　我梦里把你丢失
那一天　醒来的时候
我独自躺在一个荒芜的山丘上
泪水长流

亲爱的小孩
我仰望星空
星空里　星罗棋布
你和我
都不会是个旁观者
上天已经安排好我们各自的角色

不要埋怨下棋的人
无视你的存在
我很重要
我不重要
其实已经不重要
你应该朝着太阳奔跑
不问朝晖　不问夕阳
一直把后羿追赶

那一天　我在太阳升起的时候
突然一阵目眩
我无比惊讶
在这个生命的子宫里

看到了你胎儿时代的幻影

那一天　我目睹一朵雏菊的开放
在山的脚下高山仰止
而她只想给远方的亲人写一封信
告诉他们
自己依然有梦想

信中说
你的存在　　　就是要用尽一生的力量
成就一个梦
然后再用几行象形文字
表现自己的
喜怒哀乐

那一天　我们誓言无声
终于发现你绚丽绽放的脸
才是我
孜孜不倦的风景

那一天　我曾把你举过头顶
我问你　在我的头顶上看到了什么
你笑而不答
径自对着天空之城
从未有过的神情
我不知道这
是否叫做——
一见钟情

唯有爱永恒

——还是在黎明之前，像鹰一样去完成自己的重生。

谁是谁的天堂鸟
谁是谁的飞翔梦
还是尽我的所能
去展翅翱翔

地球像一张无比辽阔的餐桌
在万家灯火的时候
把一盏盏　希望点燃
你就是我心底里的那束
最明亮的光
照亮着你
也照亮着我

山野垂青
河道纵横
春天的绽放
岁月无规律的滋长

还是在黎明之前
像鹰一样去完成自己的重生

亲爱的小孩
我知道——
所有高贵的血统
所有溢美的歌颂
都是囿于现实　桎梏的笼

因为蓝天
才是你遥远的梦
谁是谁的天堂鸟
谁是谁的飞翔梦

爱
歌颂
你好 亲爱的小孩

唯有爱　永恒
还是尽我的所能
去展翅翱翔
唯有
爱　永恒

站台

——车来了，门开了，是朝着我们那个方向开的……

早晨阳光
照在我和你年轻的身上
你扶着站台边的灯箱
我站在灯箱的另一边

灯箱很低
上面写着我们要途经的站名
一站　两站　三站……
我只记得
我们要到达的那一站
是一个叫糖果的地方

梧桐树在风中摇摆
风在阳光里温暖
我们站着
很安静　没有说话
你朝着目的地相反的方向
十分美好地　张望

车来了　门开了
是朝着我们那个方向开的
我们就
十分美好　十分稳当

车窗外　风无禁忌
从你的心里　吹进我的心里
天空中
有鸟儿飞过
告诉我——
我的梦就像
那片蓝色的树叶
没有　固定的形状
……

那条河

——我有一个梦想,至今仍在那条河里徜徉。

十岁那年夏天
我游过一条河
一条大河波浪宽
不会游泳的我
从此学会了做梦

从那时起
我又无数次看见她
在瞬间的眼眸里
在梦里
她只让我看见她的清亮
和岸边瓜地里
一片绿茫茫的藤蔓

这条流在大地上孤独的河
曾经洗濯过那些耕作者的脊背
他们是怎样的
披星戴月
告别山冈
告别丛林
告别父老乡亲
一去不复返
至今仍回到
我梦中的
是那不息的浪花

今年春天
我又回到那河的岸边
行走在它干瘪的河床
河床失去了往日的清亮
它逝去的时光

是我日夜的向往
那溢出来的温暖满怀
荡漾着我童年的芬芳
那岸边缠绵的藤蔓　丝丝缕缕
无数次靠近我的
朝思暮想

在家乡的河边
祖父逝去在父亲的少年
祖母离开在我的少年
多少年的时光流淌
一想到那条河
我就想到自己的身份
一个农民的后代
一个父辈曾面朝黄土背朝天的
农民后代

我有一个梦想
至今仍在那条河里徜徉
就是带着我的儿子
回到
那条河边
回到
家乡

成为自己

——我只有祝愿你成为你想要的模样！

我知道　感动我的那一句话
不一定能　感动你
我知道　唤醒我的那一声温柔
从来没有
惊扰过你

我们是同一条河里的两条鱼
河水洗涤我们的身体
溅起无数朵浪花
歌唱我们卿卿我我的故事

你是我亲爱的小孩
我是你亲爱的父亲
今生
我注定是那个
为你读书的人
因为　每一行诗里
都躲藏着
只属于我们的秘密

今生　你未必长成
我想要的模样
因为你成长的每一天
都滋生着
只属于你的愿意

我知道
你也知道
任何形式的表现
都不足以让你的梦想停止

爱 歌颂
你好 亲爱的小孩

感动我的那一句话
不一定能感动你
唤醒我的那一声温柔
从来没有惊扰过你
亲爱的小孩
我只有
祝愿你——
成为你想要的
模样

我喜欢你是安静的

——你是一只会思想的天鹅，你的灵魂我的灵魂，对彼此充满渴望。

我喜欢你是安静的
仿佛一幅画
你安静聆听
以至于我担心
自己说错了什么

我迷人的男中音确实很迷人
可我的声音无法洞穿你的沉默
你的眼睛朝着远方
如同一只极目远眺的天鹅
期待远方的召唤

我知道——
你是一只　会思想的天鹅
你的灵魂
我的灵魂
对彼此充满渴望

我喜欢　你是安静的
有时候　你像一只受伤之后
拒绝飞行的天鹅
安静地滑翔　没有一点声音
甚至连弧度都没有

我喜欢　你是安静的
你的安静
像黑夜里　一盏发出微光的灯
悄悄地混淆在群星闪烁里
默默地相伴　　遥遥而无声

你的遥远
是星空的遥远
你的无声
是星空的无声
你是遥远而无声的

我喜欢你是安静的
你　一会儿看我
一会儿看云
你看我时　遥远而无声
你看云时　生动又丰盈

只要你一个微笑
梅花　便纷纷落下
我才是你绽放的美好见证
我喜欢　你是安静的
仿佛　一幅画

你的笑容

在同一条河流里,有似曾相识的桃花盛开,宛如拈花微笑过后的动人春风。

一个童话就是一部传奇
历经风雨的故事
仍然不能破坏美好
我们在一起的光阴依然温厚
那些有关爱和智慧的问候
慢慢有了不同

来吧　亲爱的男孩
来吧　亲爱的女孩
让我们　在我们的童话中寻找
在风险中经历一次成长
那永远不曾褪色的
是我们行走的绿野

想到这里——
我已经开始迷失了心智
像是走进一个迷宫而深陷其中
生命或许有太多的不能承受之重
并不比　一树迎春花
承受得起　一场凛冽的冷冬

请用对大自然的倾心回眸人生
当你伟大而渺小的身影
窈窕而茁壮地日渐丰满
我从你的全世界路过
也只不过　是一次来过
而我们之间不朽的——
是对彼此的铭记

在同一条河流里
有似曾相识的桃花盛开

宛如拈花微笑过后的动人春风
你——
依旧童话般的迷人
我要说
我
走过许多的路
经过许多的桥
蹚过许多的溪
穿过许多的森林
都成为我们生动的教科书
而一成不变的
是你——
挂在唇边的笑容

围城

——你像个战士一样自信,心中仿佛有百万甲兵。

用沙子　围一座城堡
在树梢　垒一个鸟巢
你便成为一国之君
而君临天下

亲爱的小孩
你像个战士一样自信
唱着战歌　挥舞战旗
心中仿佛有百万甲兵

我沿着沙滩上的脚印
去寻找人间的烟火
辽阔的海岸线上
点缀着数不清的贝壳和沙沫

船落归帆　海鸥翔集
用沙子　围一座城堡
在树梢　垒一个鸟巢
你在你的游戏中忘情

一群戴着棒球帽的成人
走来　一脚倾城
把你的城　踏破
把你的梦　惊醒

于是　海鸥吹起愤怒的口哨
你的城没了——
你的巢没了——
海浪带走你的城
海风吹跑你的巢

你夺眶的泪水
伴着一声愤怒的呐喊
在海滩上回荡
让你不再是一国之君

有行人驻足
有行色匆匆
悻悻然　海滩上留下一行
落寞的脚印
和你无奈的眼神

我只想做个小孩

——等我长成爸爸的样子，我会比爸爸更出色。

我看见你的忸怩
你说　我现在还小
等我长成爸爸的样子
我会有一只比他那个更大的旅行包

我看见你的忸怩中
还有你的野心
亲爱的小孩
这有什么关系
我看得见你的未来
也想象得出你未来的样子

在那个　春天的早晨
那是幸福的时辰
花儿把头埋得更低
我怎么能不爱你
我要和你在一起
紫罗兰　蒲公英　夹竹桃　木犀草……
还有那些　秋天的菊

我看见你的忸怩
你说　我现在还小
等我长成爸爸的样子
我会比爸爸更出色
我要拥有一个大大的旅行包
里面装满我的　玩具和零食
我要娶一个像妈妈一样的新娘
带着她去　周游世界
我要买一块名贵的手表
上面有日历和指南针
这样　我就不会迷路

当圣诞节来临的时候
我会许下一个心愿——
我　还没有玩够
我　只想做小孩

使命

——我伫立遥望，将你守望成一棵最相思的树！

春暖花开的时节
我的心
会爬出虫子
面朝大海之际
我的眼睛里
盈满海水的蔚蓝

我沉浸于春风
沉浸于大海
把春天的花　折成书签
把海洋里的鱼　当作你
然后在你的世界里流连

我从来不是一个孤独的人
正如我早已在你思念的河里
那些逝者如斯
在我的梦里
在我的脸颊边桃花盛开

我从来不是一个孤独的人
在这无岸的海里
船帆之下
我伫立遥望
将你——守望成一棵最相思的树

而我与生俱来的使命
只为你去完成
彼此灵魂的　最无限亲近

我的诗句是甜的

——也许此生我没有能力成为一粒种子，但是我赞美你的诗句是甜的。

最美的春天里
有最美的人
我在一方心形的钻石上
镌刻我的诗句

最美的春天里
有最美的人
我将一颗钻石种在心里
生长在　春雨里

追赶着三月的风儿
从你会做梦的黑瞳仁里
我看到——
一树繁花

最美的春天里
有最美的人
我为你种下一个最美的春天
用我　最善良的心

也许　此生
我没有能力成为一粒种子
但是
我赞美你的诗句是甜的

你看　你听　你读
你的春天——
会微笑
会奔跑
会撒娇

爱
歌颂
你好 亲爱的小孩

145

最美的春天里
有最美的梦想
最美的人　我要告诉你
我的诗句　是甜的……

朗读者

——你才是我的诗句,是我最美好的聆听者。

爱了多久
我还是最爱你的读书声
我无法分清
哪声是花开　哪声是落叶
哪句窃窃私语
哪句掷地有声

那棵晨光中的桂花树
听得最认真
下课的铃声
又妩媚地响起
窗外的草坪上
那蓝色的小花　叫勿忘我
在你朗读的时候
她守着我们的秘密
也从来不吝啬自己的掌声

阳光满地
把我内心最明亮处照耀
我在沙滩上
用手指写诗
在我的故事里
你生逢其时

你才是　我的诗句
是我最美好的书写者
我感受到的
一行是敬畏
一行是给你的
最标准的注目礼

生如夏花

——不需要天空俯下身子，大地早已翘首仰望。

不需要天空俯下身子
大地早已翘首仰望
我必定和你相遇
我只要你静静地听
以一颗纯净之心

在天与地之间
我们不留缝隙地相拥
月光炯炯　不可回避
只要被你不经意的视线停留
我便瞬间驻进你深邃的海底

在生命浸泡的海水中
我们的脚印
在彼此的心田缱绻
一朵一朵迸发出火一样的音符

还有羞涩的诗句
必将被别人传说
那些我们相处与相依的日子
却随着海浪漂浮起来

一场春天的相遇和重逢
早已开始
没有人知道
这场春天何时才能进入盛夏

只有那
春天的使者
才能知道　谁
生如夏花

终于

——把我的春天，装进你的梦里。

终于　雨停了
雨珠儿还挂在你长长的睫毛上
你的眼波里
终于止住了荡漾

那本故事书上
滴满了你的泪珠儿
你终于安静地睡着了
那么的甜香

故事书上的情节被冲淡了
终于我安稳住自己说话的节奏
终于我感觉到
我失声的赞美
是最失败的叫嚷
我破涕的笑
才是成功的响声

这一天
我们为了某件事
喋喋不休
又纠缠不清
终于　你连哭带笑
仿佛梨花般开遍
三月的春风　让人窒息
终于　把我的春天
装进你的　梦里

爱歌颂　你好 亲爱的小孩

另一个我

——我是另一个我,并不是一次例外。

每一个早晨
每一个黄昏
未来告诉我——
亲爱的小孩　这里真好!

与昨天相比
这个世界上又会有
许多新的故事形成
你听　那枝头
上面有下雨似的淅淅沥沥
那是　树叶在讲述

每一个早晨
每一个黄昏
你告诉我——
亲爱的老师　我今天过得很开心!

与昨天相比
这个春天里又会有许多小树
长得茂盛又茁壮
我喜欢你　奔跑着向我扑过来
我们相逢在
你明眸皓齿的时光
如果　我不老
我会一直陪伴你　远行

每一个早晨
每一个黄昏
那树告诉我
我是另一个我　你一定会爱我的

与昨天相比
稚嫩的枝头多了几颗秋果
微红的果子　含一种青涩
我微笑着憧憬
安静地仰视
期待着事物发展规律的必然
那注定要来临的　一切终将发生
我是另一个我
并不是一次　例外

被遗忘的风

——在这里,所有的风都有回声,你的声音在风中永恒。

在这里　所有的风
都被吹成你的模样
风声　雨声　读书声
都烙下你磁性嗓音的印迹

不信　你听
那风里　会有你的心
长长的缠绵
不绝如缕

在这里　所有的风
都有回声
你的声音
在风中永恒

小时候
经常在风经过的时候闭上眼睛
风从这里走过
我偷偷地伸手　去抚摸

风中
带着你的柔情
风如水般
流过

而现在
我耳畔的一阵阵鸟鸣
正朝向我的内心袭来
清晰而丰盈
我每每驻足在这里

在这个欢愉的早晨
我的脸颊
又多了一丝泪痕
那是
被长久遗忘的风

爱是你我

——你笑而不言，在大地上写下一个伟大的寓言。

从高原之上的高原
寻找你乳房的巅峰

从一只蝴蝶的翅膀上
倾听天穹的回声

从她的眼眸里
偷窥你的梦中情人

从一只小鸟在大树上留下的啄痕
阅读一封沧桑的家书

从一片沙滩上
重建的家园
从对一首诗的吟诵中
歌咏自己的祖国

从爱中生长智慧
从梦中开悟人生

天地交融　　充满神谕
花儿还没有开放
果实已经散发出芳香
山峰不曾为人让路
你笑而不言　　在大地上写下一个伟大的寓言

爱——
是你我

春雨的见证

——花儿们窃窃私语，唐诗一般的动人。

夜空
是告别的眼睛
满地是飘落的铃铛
见证了　春雨
密密斜织的锦绣

我在秋风里无比兴奋地重复着
朝朝暮暮的姿态
我知道
那些崇高的理想
依旧风情万种地悬挂在枝头
最终　要重回大地

一个人走在
种植园里
听　花儿们窃窃私语
唐诗一般的动人

每一个昙花开放的夜里
浓烈弥漫的瞬间
我都
佛一样　虔诚

二月二十八日

——我会把我对你的爱，顺便写在纸上。

沿着二月二十八凌晨的星光
我和我的梦走向三月
晨露等你　在我们相遇的路上
三月的初阳一出来
无论怎样躲闪　我们将一起迎接
那久违的一树春光

说到春光　我
就想起许多诗句
就想起盛唐的光阴
我与一些植物相爱
顺便就爱上了你

沿路的风光
还有春风十里不如你的你
春风一停
你就安静下来

你静静地
是我全部的世界
我只能写　半首诗
陪着你一起　走向远方
我会把　我对你的爱
顺便写在纸上

少年

——那首远去的歌儿,化作一道幸福的闪电把我们照亮。

你说
你想背上那只旧书包
独自去流浪
你吹起口哨
穿上那条带有破洞的牛仔裤
依然一脸不改初衷的模样

旧书包里那只星巴克的咖啡杯
已经用了很久
你说　一个男人不能没有品位
口哨吹出不羁的曲子
可我听来听去
却是你不甘堕落的彷徨

那一天
你对我说——
我把我的书包弄丢了
我把我的口哨弄丢了
我不想再流浪

你说着说着
脸上就有了泪痕
我拥你入怀
你也亲昵地
摩挲着我的脸庞

那一刻
亲爱的小孩
那首远去的歌儿
便化作一道幸福的闪电
把我们慢慢照亮

爱 歌颂　你好 亲爱的小孩

你依然纯洁的笑容
写满嘴角
少年的心思啊
载着梦想
顿时　一泻汪洋

第五辑

那只透明而温暖的漂流瓶里　写满了思念

美好的日子不可以省略

——来吧，让我们坐下来面对着一本书倾诉。

烟花陨落
爆竹声　渐行渐远
真好　你说
日子也渐渐暖了
又可以换上春天的装束
故事　成了故事
你和我　才刚刚开始

真好　你说
美好的日子不可以省略
看那心田上开出的花儿多么妖娆
诗人说
你若安好　便是晴天
属于我的晴天　永远
十分安静

安静地开放
安静地美丽
安静地做事
来吧　让我们坐下来
面对着一本书倾诉
回到起点
回到你我

真好　你说
日子渐渐暖了
花儿谢了春红
看惯那　映日的荷花
转眼　又是一个秋天
于是　你把自己
变成一捧　安静的雪
等待不远处　春天归来

爱
歌颂
你好　亲爱的小孩

喜悦

你藏不住了，溢出来的笑声把所有时光的秘密倾泻。

风乍起
吹皱一池春水

本来这里是静的
树是静的
花是静的
石头是静的
风景是静的
那声音发自你的心底
仿佛安静的湖面
被丢进一颗石子
小小的酒窝里
冒出笑声

最是那一低眉的娇羞
你的嘴角是静的
眼睛是静的
脸颊是静的
突然间
变得生动起来
生动得像那一池春水
无边无际
姹紫嫣红

你藏不住了
溢出来的笑声
把所有时光的秘密倾泻

虚妄的语词
也逐渐地丰满起来
散发出诱人的芬芳

天空之下
大地之上
你和我
立于中间
我选择与你一同
站在那棵　傲岸的松树下
和这个春天执手
相逢一笑　然后
又不经意地
想起了过往　诸多
喜悦的事情

爱
歌颂
你好　亲爱的小孩

在星巴克里

——我把吻痕印在了你的脸上。

在一个合适的天气
酿一份合适的心情
寻一本合适的书
捧一杯合适自己口味的咖啡
在一个叫星巴克的地方
我们促膝而坐
相伴一个下午

这是多么难得的奢侈
你说——
亲爱的妈妈
你喝咖啡的样子真好看
说话时
我能感觉到
你的心是那么的美好

你看——
杯子上
还有你玫瑰般的唇彩
你说
我笑了　于是
我把吻痕
印在了
你的脸上

熊猫的问题

——和熊猫讨论关于黑与白的问题。

我问熊猫
你是穿白衣服的黑熊
还是穿黑衣服的白猫

熊猫憨憨没有回答
冲着我反问道
你是一个在家里表现糟糕的好学生
还是一个在学校里表现很好的坏孩子
你是一个有时马虎的认真的人
还是一个有时认真的马虎的人
你是快乐多烦恼少
还是烦恼多快乐少
你是一个勇敢的胆小鬼
还是一个胆小的勇敢者

熊猫　就这样不停地问
就这样　熊猫问个不停

而从那以后
我再也没有和熊猫一起
讨论过关于黑与白的问题

爱
歌颂
你好 亲爱的小孩

老师的笑容是块糖

——我读懂了纯净,在你的眼睛里,墨汁般的纯净。

发现你时
你正在向室内张望
我和你之间
隔着一扇半透明的窗

我走近你——
听到你均匀的呼吸
从那一扇窗到那一扇门
像小鸟一样飞落在我的眼前

轻摆身姿
目光弯曲可爱
从此
我成了你的老师
你成了我　亲爱的小孩

你坐在教室的最后一排
和我的目光　平起平坐
我们经常四目相对
在你的眼睛里　我读懂了纯净
墨汁般的纯净
从此　世界小了

你是乡下来的
小红　小兰　小花……
你读书的声音
不够婉转　不够清晰
却足够认真
你的新同学　对于你来说
新鲜而又陌生
因为他们知道的那些事你们不知道

他们吃过的东西你们没有吃过
他们去过的地方你们没有去过
你唯一能做的就是安静地听
安静得像块石头
你却像石头一样坚强
像石头一样坚持
像石头一样害羞

你是乡下来的
小红　小兰　小花……
他们是这个城市的
轩轩　君君　悦悦……
你的朋友越来越多
你的笑声
越来越响亮
你渐渐喜欢上轩轩的巧克力
轩轩也开始爱上
你的棉花糖
君君和悦悦从此有了一个
会跳花绳的
小兰和小花

日子匆匆
我们亲密无间
有一天　你对我说
老师的笑容很甜
——就像一块糖
很甜　很甜

你抱起了我的头

——老师，您的白发又多了，我来替您拔……

阳光正好
我坐在阳光里看书
你走过来
拍了一下我的头
嘿——哥们儿　看什么呢？

我摸了下今早没来得及刮的胡须
惊讶地看着你
没等愣过神来
你一下子搂住我的脖子说
老师——
您的白发又多了
我来替您拔
于是　不由分说
你抱起了
我的头
我像个孩子
想笑　忍住了
幸福的笑容
没忍住

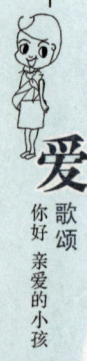

你来了
你就不要走
你多像个母亲
给我温暖　给我爱
温软的手传递你的温度
我是多么地喜欢你的手
在我的皮肤上
轻轻地划过

你来了
你就不要走
你多像个母亲
在我身边守候
告诉我昨天发生的事儿
告诉我明天将要发生的事儿
我是多么地喜欢你
用深情的声音　　喊我的乳名

你来了
你就不要走
你多像个母亲
更多的时候让我幸福
让我觉得自己的身体始终停留在你的怀抱里
我是多么地欢喜你身上的味道
渐渐在我心头盛开出芬芳

你来了你就不要走

——我是多么地欢喜你身上的味道，渐渐在我心头盛开出芬芳。

爱
歌颂
你好　亲爱的小孩

化石

——让我们一如既往地说爱。

今夜
月光水银泻地
少年怀想
伴着月光一起流淌
你在一个离我不远的地方
唱起那首歌
夜空中飘浮着
关于爱的乐章
零落在星河之外的是你不眠的惆怅

我看见
有飞鸟在停顿
在一片云上
从云端悄然滑落的一根羽毛
带着你的旋律
坠入凡间
浪漫的故事　渐入佳境

我读着远方的来信
你的信上说——
天上的星辰闪烁
是我蔚蓝色的思念
唯有那朵朵浪花
才可以洗涤去我心中的忧伤
海水浸满我的梦
你的健壮的臂弯
才是我眷念着的岸

让我们一如既往地说爱
你的一个不变的眼神
射出柔情蜜意

仿若星光点点
在你的怀里
我仰望你的星空　　数星星
一颗星　两颗星　三颗星……
你说
我傻成了化石
你对我的爱
也成了
一颗化石

抵达

——这种美与这种爱的负重，再远也可以抵达。

一株薰衣草
在风中　仰望
一轮明月
我的影子　映在明月之中
禅坐在自己的影子里
可以描述为一望无际
苍穹之下
香气弥漫
跌宕
战栗
摇曳

我想知道
我穷尽一生的
奔向
追求
意义
这种美与这种爱的负重
再远　也可以抵达

行走的鱼

——无限接近梦想。

不担心呼吸
做一条在水里的鱼
有光滑的鳞片
有柔韧的背鳍
自由地
鱼贯而入
鱼贯　而出

我有一双隐形的翅膀
成为会飞翔的鸟
以闪电一样的速度
觉知一条鱼的生命真相
快乐地滑翔
无限接近
梦想

爱
歌颂
你好　亲爱的小孩

留给你的美好

——我独自坐在星星下，身体漂浮在身体之外……

你狡黠的笑容告诉我
你是个告密者
你总想清静一下
把埋进体内的
众多人像　声波
众多喧哗　尖叫
众多妩媚　端庄
剥离下来
但是你
不可能成功

你是个告密者
你的笑容会告诉所有人
你说——
你想做个纯粹的人
把埋进体内的
众多希望　不舍
众多爱意　憎恶
众多温柔　生硬
倾泻出来
但是你
不可能成功

夜幕来临
我独自坐在星星下
身体漂浮在身体外
寂寞之处不空虚
玄想之外更神秘
我待你　依然如故
我在做梦　梦在做你
我们的誓言无声

你狡黠的笑容告诉我
所有的梦
都是缤纷的
留给你的美好——
就像　一场艳遇

爱
歌颂
你好　亲爱的小孩

我相信春天

——风吹草低见牛羊,我在敕勒川,你在哪里?

我们面对面坐着
平静地坐着
我们背靠背倚着
脸上有异样的景色

你的眼中是活色生香的风景
我的眼中是味同嚼蜡的课本
你的眼中是一扇无解的门
我的眼中是通向快乐的窗

蔚蓝的海上
白色的帆渐远
翠色的草原上
我看到顽强小草的枯荣
风吹草低见牛羊
我在敕勒川
你在哪里——

我的视野一片混乱
我相信春天　相信春雨
于是　春天真的来了

海风阵阵

——那只温暖而透明的漂流瓶里,写满了思念。

有一个地方
只有你知道　我知道
亲爱的小孩——
那就是我的　心底

我的心就像一个大屋子
住着你　一直住着你
当你
痛了　累了　哭了
抑或是
快乐了　幸福了　忧伤了
你就会出现

海浪拍打着海滩
那个温暖而透明的漂流瓶里
写满了思念
太好了　太好了
我等待着
等待着　你归来

你就像从海里走出来的美人鱼
哼着歌　用你的手
认真地建一座你的城堡
我从后面　叫你一声国王
你转头
冲着我露出洁白的牙齿
带着喜悦　带着收获
带着　海风阵阵

爱
歌颂
你好　亲爱的小孩

飞起来

——我的羽翼下是你的风,是你更加辽阔的梦。

如果有一天
我飞上万米高空
整个蓝天都是我的背景
我的羽翼下
是你的风
是你更加辽阔的梦

我热爱着的土地
我眷恋着的人们
如果有一天
我飞上万米高空
整个世界都将在我的眼中渺小
唯有你　心存庇佑
满含悲悯

太阳像一面镜子
照耀着你　不朽的圣城
我们　永远是你
最忠实的　子民

回到童年

——歌唱、舞蹈，不慌不忙。

今夜
我不想你
只怀念我的远方
与故乡

梦境已经升起
我浑浊的眸　单纯地仰望
自从你走后　我的梦
散发着　想你的香

今夜
我不想你
避开人世间的　一切喜
让欢乐成为　欢乐的本身

歌唱　舞蹈　不慌不忙
让我　成为一串冰糖葫芦
我愿成为那支竹签
串起你一生美好　让你我
一起回到
童年模样

我本自命不凡　是你
把我的海拔降低
在你之前
我　从不把那个有故事的船长放在眼里
海的尽头
仅仅是一种传说

有人常常在七秒钟之内
爱上一个人
如果你对我也　一见钟情
那就是　我们的天空
百分之百的覆盖

我能　点缀你的辽阔
我能　凝望你的深邃
我能　茂盛你的想象
而那些无理取闹的修辞
必然是　你自己的事

从一本书到另一本书
书签落下的地方
便是你的祖国
山的祖国
水的祖国
仁义的祖国
倘若非要给你一个定义
祖国一定是鲜红的太阳永不落
红得让人晕眩
令人心跳的庄重

除了爱你我一事无成

——生活无疆，我只爱坐在我眼前的那一个。

生活无疆
我只爱
坐在我眼前的那一个
你不来
风景都是别人的
来吧
亲爱的小孩
除了爱你——
我　一事无成

蝴蝶

——当夜空星光熠熠，我的思念也灿若桃花春风。

你是一只美丽的蝴蝶
从千年前的一卷经书里飞来——
你只有一个目的地
你在进行着一次万劫不复的飞行

不为天空
只为呼吸
当夜空星光熠熠
我的思念
也灿若桃花春风

我在天际的这边
欣赏着你
那薄薄的羽翼
一朝踏遍那前世黎明的霞光
瞬间的凝望
穿越千年的时空

你化作春泥　更凌乱
风中摇曳的
不是花瓣
是一池
玲珑剔透的思想

回眸

——咀嚼着温润贯穿于胃肠，有太阳的味道和母亲的体香。

走在回家的路上
太阳照耀在　你我的身上
太阳她多像妈妈
我像个孩子　有着贪婪成性的欲望

刺目的光芒幻化成
春天的花火
竟让我相思起故乡的泥土
故乡的云

故乡的泥土
坚实　宽阔　亘古不变
故乡的云
实在　清晰　多情
不孤独的水呀
在那里
亘古不变的山啊
在那里
游子不灭的眷恋
在那里

肚子饿了　饥肠辘辘
给我一块刚出炉的烧饼
热乎乎的　真好
我迫不及待地　撕下一块
咀嚼着温润
贯穿于胃肠
有太阳的味道
和母亲的体香

爱 歌颂
你好　亲爱的小孩

183

那年
我曾带着对故乡的不舍
疯狂地逃离
而如今故乡的河
静默如初
东风留给儿郎的爱抚
透过我的脊背　渗入腹腔

我像一只孤雁
多少回　在你的大河之上盘旋
血脉里就开始　奔流另一种的流连
没有忧愁
有的只是　对河水的饥渴
像第一次落水时
狗样地咆哮
无力地挣扎　有力地呼喊
自以为可以　获得生的眷顾

可是　故乡
可是　母亲
我的行囊里
永远装着一杯　忘情水
我一路向南
不是　一去不返
一去不返的是我的青春
是我的为伊消得　人憔悴

亲爱的母亲
亲爱的河
你穿城而过
也穿透了我的心

请唤一声我的乳名
把我的心勾留
那圩里　圩外
才是我
最好的避难所

没有哪一片辽阔的田野
可让我挥霍我的目力
我极目远眺的地方
天天皆有生离死别
别人家孩子手里的船票
是我羡慕的招贴画
南风　一遍遍地吹
亲爱的母亲　请原谅我
你把我生了下来　只有
我的啼哭　才是你最美好的回眸

空运来的猫

——和你在一起，我的好日子远没尽头。

那时
我是个有洁癖的人
那天
你把它空运至我手中
从此　我失去一个安稳的家国
却得到一个梦

它的到来于我而言
别的已不再重要
无论工作　还是朋友
或温暖的清晨
或宁静的夜晚
占据屋子的一隅偏安
我与它一起阅读我的诗歌
让梦和它一起
住进一间幽静的木房子

有时　我内心反复
拥抱着　还是鄙视着
我一次次失控的柔情
我一回回优柔的坚定
在我的梦中之梦
那只死了一万次的家伙　托梦说
——你将善良

抛下我　所有的执念
与人类告别
我终会把自己
当作它的同类
每当和它对视的刹那
我见犹怜　本应是罪

可我还是要说
在这里
和你在一起
我的好日子远没尽头

爱
歌颂
你好 亲爱的小孩

闪电与玫瑰

——是你把我变成火,你是唯一的火种。

我站在风里
你不在　我只能站在风里
以自己的身体
树立起一堵墙
把自己站成永恒
这是我们　两个人的故事
是风的告白

来日方长
有多少寂寥　就有多少苍茫
和身体一样
时间去了哪里
滴答声中
数着数着　　就不见了
风吹来　你不在
所有的时间
都成为敌人

风吹来　你不在
风吹走了你
你一直站在我的身体里
你不来
我会站成雕塑
是你　把我
变成火　你是唯一的火种
让我变得伟大
你是唯一燃烧万年之后
连灰烬　都不留给我的人

你说
我留给你的念想　就是消亡

你是我身体里的一棵树
你不是别的
你只是站在我身体里的
那棵树
栖息着我的灵魂
撑起了我的野心

等着吧
我正酝酿着一场风暴
准备　裹挟你
你是唯一
能把闪电
变成玫瑰的人

爱
歌颂
你好　亲爱的小孩

理想国

在这个冬日里，你的春意盈盈，我的笑意浅浅，都因共同的梦想。

我不曾见过黑暗
我也不曾明亮
血流成河　我也独自一人
却从不感到　伤痛

我种下的龙种
我也不希望收获跳蚤
期待　春风劲吹
哪里还顾得上　寒风凛冽

你那本前世的叙事帖
也是我今生的教科书
是日　阴晴圆缺风雨晴空
我的心却　壮烈不已

不要说难酬蹈海都是英雄
飞檐走壁的佐罗
未必能让吝啬鬼们　慷慨解囊
还是但问耕耘　不问收获

英雄不问有出处
你踏碎的瓦当掉落的声响总让我心惊肉跳
夜深人静　我独对一壶老茶
听着万籁俱寂的星空　浅吟低唱

泣血滋养的盔甲寒光逼人
手中握着的剑柄就如同那支玫瑰
带刺的芬芳多少让人　心有余悸
让我爱不释手的原因就是　我爱你

在这个冬日里
你的春盏盈盈
我的笑意浅浅
都因共同的梦想
而诗意盎然的　你和我
必然走进一个
我们彼此接纳的
理想国

爱
歌颂
你好 亲爱的小孩

红豆

——那些生于南国的红豆，便是我不再采撷的相思。

你没有进入我的生活
我的生活　却逃走了
风还在那儿吹
我的生活像蒲公英一样鼓舞

我对风说
我想歇一歇
留在那朵最美的云朵里
接受阳光的照耀

生活一如既往
你一如既往　我却不能
突然间
我被美的缆绳绊倒——

我小小的生活
如此执着
执着于它那平淡的生活——
而且　我又不忍心伤害你的美好

没有理由的崩溃
显得那么理所当然
如果记忆能够毁灭　我情愿毁灭
如果毁灭就能重生　我情愿重生

如果遇见　就是欢乐
如果错过　就是哀悼
那些生于南国的红豆
便是我　不再采撷的相思

第六辑

岁月 让我们之间的缘分在彼此守望中圆满

岁月

——让我们之间的缘分在彼此守望中圆满。

岁月　已沧桑老去
明月不会
明月　让缘分
在彼此的守望中
圆满
秋风　已凝聚渴望
明月不会
明月　让守望
在相互的眼眸里
永恒

我的眼睛是湖
温柔地荡漾着秋波
有些疼
用诗句写出来就更疼
我羞于用修辞来表达
所以
我把那些句子藏于深山
待到山花烂漫时
盛开给你看

爱
歌颂

你好 亲爱的小孩

生命的卷轴（组诗）

——亲爱的小孩，你是我鲜活的情怀。

（1）生命的卷轴
——你是我鲜活的情怀！

在我的课堂上
充满了美好
也充满了情意
她是生命成长的卷轴
有着　生生之机
有着　洋洋之趣
这生命的卷轴
诗情　奔涌
纵使寂然　也由衷
那是因为
我们彼此对生命的敏锐品质
才使一切
变得普通
变得美丽
一切心性
变得更加神奇
浪漫与古典

（2）春之最初的蝴蝶
——孩子们像花间的蝴蝶载歌载舞，
照亮着我彩色的梦。

那春之最初的蝴蝶
一朵朵　飞翔的花
轻快地　飞过
你如水的眸
明亮地　闪耀在
我的心间
丰盈着我
今后的日子——
香甜的梦

（3）寻　你
——写给懵懂的少年。

为了寻你
我曾经豪情万丈
青春的江湖　真大呀

为了寻你
我早已是　空空的行囊
窗外的花落知多少
我依然自信地
躺在花鸟书一床

我知道　那风云三尺剑
也曾是侠客笑傲的豪壮
面对着你
和你的江湖
我决定不再　自以为是
你心灵栖息的故乡
才是我永久的
追问与向往

（4）回　馈
——我是你累了就会想起的……

春光可饮
秋色可依
我亦经师
我亦人师
我是你
渴了就会想起的
深邃的古井

我给你
醇厚如浆的甘露
滋养你　幼稚的肉体
你回馈我
生命的丰盈
心灵的慰藉

（5）平　凡
——太阳底下最平凡的执着！

总觉得
自己的生活很简单
回望走过的路
其实　不平凡
伴随着
风声雨声　读书声
多少的日子
让你流连
多少的回忆
浪漫依然
那思考着的少年
瞬间的凝眸
是沉默的思想者有力的表达
那思辨时成熟的激辩
不是鹦鹉学舌的盲从
一个个　流动的时空
是春去秋来的烂漫
无数的期待　在生成
无数的憧憬　在实现
美丽的日子
美丽的生活
伟大而平凡
执着又斑斓

（6）种植诗行
——教书育人是诗意的劳作。

我每天都在种植
我的诗行
劳作间
那诗行幻化出
一张张笑脸　溢洋
留下人生成长
最初的
淡淡的
处子的芬芳
阳光照耀　她灿烂
风雨过后　她闪亮
诗一样
饱蘸真情
向上——向上——

（7）绮　丽
——把最美丽的向往放入我甜香的梦中！

心中　总藏着
一份绮丽
在泰山极顶
在一个初阳升腾的
春之晨
身边能拥有一群亲爱的小孩
徜徉在微风中
凝眸于众山间
倾听着
远山的心跳
和你们的喃喃细语

仰望天际的流云
怀想流逝的记忆
心中
总藏着一份绮丽
把自己于白昼
最美丽的向往
放入我　甜香的梦中

（8）如　果
——为师当有浪漫与执着的情怀！

如果
你曾流连于
海上日出的壮丽
那我的　浩瀚
只是　一粟之于沧海
如果
你欣赏
泰山极顶的奇观
那我的　出岫
只是偶尔的
峥嵘初绽
大漠孤烟直
行者无疆
那千年的笛声　又在何处
长河落日圆
我　恣意的长河
在奔流　却仍不见
李白笔下——
千尺飞瀑流泉

（9）拈花一笑

　　——课堂上，你那会心的微笑，
　　　堪比佛前的拈花一笑。

那花　必定是
雪一般　玉洁冰清
那笑　却是花儿一样
灿烂动人
那眸　还是
如水似的打着旋儿的清澈
浅浅的
轻轻的
恰似顿悟后的
喜悦与心跳
此时　你纤细的手
似雨后彩虹下的莲
洁净　诗性　温馨
而你的心　一定是枝头那
红了的樱桃
蓦然回首
觉悟的花盛开
你——早已端坐莲间
却不敢接纳她
海一样　深邃的凝眸

一双炯然的慧眼
一颗不朽的慧心
在发芽处
在开花时
在结果的那一刻
有着灵醒的一瞥
有着不可遏止的激情
让全身心的细胞

在歌咏
在舞蹈
眉眼　盈盈处
我读懂你全神贯注的感动
母语汩汩处
我触摸着你诗意的安顿
一言　一语
一颦　一笑
是胸中脱去尘浊
自然丘壑的内营
一笔　一画
一顿　一挫
是——菩提圣洁的落叶
良善的福祉
浪漫的情怀
永远的抒情

问道

——圣人是过来之人，人是未来的圣。

我问子
为什么不给我　炉火纯青的教学技艺？

子曰：
那只是形而上学的匠气
用来蒙蔽世俗的评判
没有什么技巧可以替代你
拥有的那颗
至纯至美至善的心
我曾告诉每一个人
可人们总是哗众

我问子
我的课堂为什么总有那么多遗憾？

子曰：
那是一个动变不居的时空
遗憾即成长
没有遗憾
给你再多的完美
你也不会快乐

我问子
如何让我的小孩快乐起来？

子曰：
每个人不是生来就快乐的
多数的孩子会带着遗憾度过这一生
只是因为他们
没有遇到
能给他们快乐的那个人

爱 歌颂　你好 亲爱的小孩

我问子
教育就是要人学会爱对吗?

子曰:
心中存多少爱
留童年不朽的真
因材施教
有教无类
关乎人间百年树人事

我问子
如何才能如你这般智慧?

子曰:
我是平常人
有平常心
做平常人
你们称我为圣人
圣人是过来之人
人是未来的圣

我问子
先生有痛苦的时候吗?

子曰:
我体验过痛苦
我在体验痛苦的过程中
理解人生
参透人生

我问子
我如何才能崇高？

子曰：
执着如澜
执着如尘
执着如泪

我问子
三人行必有我师焉？

子曰：
我信人
不信师
你何必问
我何必答
一切自知
一切必知
一切莫知
……

崇高的交响

——我知道我们不会背离母语的天性，而走入永远沉默的歧途。

就这样开始了我们
心灵的对话
这是三月春风风人的晴空
空气里洋溢着　花草的芬芳
你——纯粹的笑脸使我醉眼迷离

我带领着弱小的你
走进了关于爱的真理的游戏
在那里——
没有对不可能事物的欲求
没有师道下的阴影和困顿后的彷徨
我们之间的心灵对话　明媚如溪

我知道
我们不会背离母语的天性
而走入永远沉默的歧途
我们在时刻感受着
来自字里行间的
青瓷般的精细　丝绸般的质地

凝子一视
柔情万种
亲爱的小孩——
我们缠绵交织　相互偎依
感悟着一种家与国的思想
倾听文字中灵魂的浅吟低唱

舒展梦想
葆有纯真
亲爱的小孩

我们所给予的
和我们所得到的
将会是令人神往的
崇高交响

依偎童心

——你们的飞翔会惊动月亮和星星。

依偎在童心的身旁
我爱着　天边的朝霞
深爱着　你的天空
每当夜晚来临
我常常想　在你的心中
多么需要光芒　和火焰
梦　打磨出甜蜜的思想
像黎明一样　把我们照亮

在那些花开的日子
我在思索
前方的路
还在歌唱心中的河流和大海
我知道　我一辈子
都离不开你们
像一株树
不再留恋　青春和过去

经历洗礼之后
你们　就像斑斓的蝴蝶
绿草之上
蓝天之下
你们的飞翔
会惊动　月亮和星星
牵动　天地间
生命的怒放

守望的距离

——那个时刻,你会觉得自己依然还是那个依恋母亲的孩子。

我和你
你和我
眸与心
心与眸
守望　守望

我总想　对于一个人
一个纯粹的师者
属于精神的律动
永远也不会止息
当你透过记忆的窗口
凝视曾经的风景　心绪是平和的
当你穿越想象的黑洞
飞过未来的星空　心灵是灵动的
你会想到生死
但不会想到远离

守望
需要　一双明媚的眸
一个师者的心
师者之心
必然是细腻的
保持纯真
相信预言

在爱的教育长旅上行走
你清纯如牧羊的少年
你的每个教育时空
都饱蘸着心灵之血

爱
歌颂
你好　亲爱的小孩

一个意象地开凿
往那诗性王国之路
勇往直前
看那　灯光深处
沉思时的神情
我固执地认为
在纷繁的世间做个师者
是幸福的
教书　读书
歌唱　游戏
你总有属于自己的时空万顷
那是自由的
那是徜徉的
那更是幸福的

你可以
在第一时间
看到——
灵光初现
人性苏醒
智慧绝响
是最真实的一种诞生

那个时刻
你会觉得自己
依然还是那个依恋母亲的孩子

我相信
每一个人
无论平凡　抑或伟大

都拥有不变的爱
他们能够在歌声飘起的节日之夜
想到　　最初的梦想

生长诗意的童年

——愿我亲爱的小孩，把未来的日子过成诗。

童年
是一段独特的
光彩夺目的
不可再现的生活

我们渴望
最真最善最美的东西
走进　　孩子的心灵
让美丽童年　亲近
最美的人
最美的文字
最美的思想
最美的天地

童心　五彩缤纷
未被触动时　和你捉迷藏
躲在月亮后面
一旦被触动
便光芒四射出现在　太阳里

儿童　是一首天然的诗
儿童的课堂
生长着灵秀
充满着妙想
昭示着梦想

童心　光芒四射
我们不断地寻找
未来的方向
诗人说　人生的意义在于寻找

当我们给自己　确定方向的时候
我们就开始了　一次次
未知的旅程
抵达　成为我们彼此的追问

有时候
我们发现
所经过的一切　有了
自身的意义
多少年的历练
多少番的求索
我们　发现童年——
一个用童话建设的世界
儿童的世界里
鸟兽能言　桌椅对话
上天揽月　下海捉鳖
……
儿童就是生活在
一个个五彩斑斓的童话世界中的天使

于是　我们开始尝试
用童话　编织孩子的理想
用童话　茁壮孩子的童年
用童话　生长童年的诗意……
一篇篇经典童话
送给孩子们　温馨浪漫的故事
启迪孩子们　唱出心中的歌谣
那些著名的故事细节
神秘地抵达儿童的心底
你看——

爱
歌颂
你好　亲爱的小孩

四季的脚步开始了他
最美的行走

春天　讲《花的故事》
一个个花苞
像一只只被点燃的灯
越来　越亮
一个个花苞
像一份份包装好的礼物
藏满诱人的芳香

夏天　讲《树的童话》
小朋友
你们喜欢夏天的大树吗
老师在你耳边　说句悄悄话
你就一定能读到——
那树上　有一个个神奇的童话
这句话就是——
带着自己的好奇心去仔细看那一棵棵树

秋天　有那么多《落叶的故事》
更别说　冬天
还有那些《雪花的故事》
……
大自然　为亲爱的小孩
呈现了一个个富有美感的世界
丰富了孩子们的眼睛
日月星辰
风云雨雪
鸟兽虫鱼……

都是我的孩子们眼中最美的瞳仁

童心　是柔软的
一花一草　都是儿童凝望的对象
活泼的小动物
是你的所爱
有趣的大自然
是你永远津津乐道的话题

你有许多细节与天真的发问
美丽而奇特
你的奇思妙想
就是我　为你编写的故事

我们放过风筝
一起编《放风筝》的故事
看那些丰富多彩的回答——

老师——
小朋友们是导演
风筝们是演员
导演们正指挥着一场场演出……

老师——
我觉得天上风筝跑来跑去
就像一群小朋友们你追我赶

老师——
太阳是蓝天放的风筝
月亮是黑夜放的风筝
我们飞翔的梦　是大地的风筝

老师——
大自然有许多风筝
太阳是可爱的红风筝
月亮是美丽的黄风筝
地球是个彩色的大风筝……

夏天来了
我们躺在美丽的操场上
我们一起讲《操场上的故事》
于是　我们的故事
也成了诗

操场是一张拼图
一群群孩子
都是听话的孩子……

操场是一张奇妙的脸谱
小朋友们跑来跑去
操场在做变脸的游戏……

操场是一张纸　小朋友一行行
站成一条条线
就像是在画田字格

生活处处是故事
我们要和孩子一起
把故事　讲成童话
把生活　过成故事
让孩子们　快乐地发现
发现自己　生活在童话里

童话里也会　有自己的故事

童年　是一段奇妙的旅程
看那　一棵棵树已长成森林
智慧生长　生命茁壮
愿我——亲爱的小孩
把未来的日子
过成诗

童心可师

——世间千般物，难得是童心。

曾经
听过一个故事
从前
有一座禅院
住着
一个老和尚和一群小和尚

晚间
老和尚在禅院外散步
突然
发现偏僻的墙角边
放着一把椅子　心想
准是哪个耐不住寂寞的违反寺规
由此翻墙出去

他
不声张
移开椅子
就地而蹲
不久
一个小和尚翻墙而出
踩在了
他的背上
小和尚
吓了一身冷汗
而他
只是平静地说
夜深　天凉
快回去加件衣裳

从此
小和尚
再也没有做傻事

老和尚　善良之心
可嘉
老和尚　童稚之心
不泯

童心——
最好的老师
愿你有一颗童心
去知人
去恕人
去爱人

让孩子拥有
一个幸福快乐的童年
是教育的真谛

凯斯特纳说
只有保持童心的人
才是完整的人

教化
需要童心润泽
必须从成人霸权中
走出来
关注儿童
关注儿童文化

让孩子在课堂上
畅快淋漓地
焕发出
纯真与活力

课堂　就是要
把孩子的
精神
情感
意志
融入童心
让孩子的
感觉更敏锐
心灵更丰富
让
童真
童趣
童声
童心
在老师的召唤中
明亮起来

童心可师
我们要　追求
那种
从心所欲
而不逾矩的　生命状态

最初最美的发现

——当一个人内在的意愿转化成事实的振奋人心,那实在是人性中的至善至美。

像婴儿说的第一句话语
像站立后的第一步行走
那天　你飞奔过来对我说
老师　我的作文发表啦
你快来看……
你说——
老师　我想哭了
我从来没有　这样快乐

当一个人内在的意愿
转化成事实的振奋人心
那实在是　人性中的至善至美

那一瞬间
我被你感动了
也为自己能目睹一个生命的颤动
心旌摇曳
也就在　那一刻
我有了　最初最美的发现

我不记得　我的母亲
只是在游戏中间
有时仿佛有一段歌调
在我玩具上回旋
是她在晃动我的摇篮所哼的那些歌调
泰戈尔童年最初的书写
最美的诗情
就是伴随着母亲深情的歌唱

执着于文学梦想的孩子
最能体验到母语的魅力所在

最能感受到
潜心母语
涵泳其中
经历创造
发现快乐的过程
过程中　又有多少沉思与等待
通过心灵的过滤
结晶为触及心灵的文字

佳作的诞生
需要智慧的光芒
那是对生命的诉说
我们要
学会学习——
在学习中学会有智慧地学习
没有智慧
你就不会诞生智慧的力量
没有智慧的力量
星球就不会有人类的存在
这星球上的
每一项发现　发明创造
都来自智慧的力量
全人类的健康　美好的人际关系
你喜爱的职业
你眷恋的家乡
你快乐满盈的人生
还有——
你想成为你想要的样子
你想做你想做的事情
你想拥有的一切
都源于智慧的力量

智慧的先贤
对于人性有最初的发现——
人之初 性本善
良善是中华民族的传统美德
良善是爱心的外化
一个充满爱的世界
才是美好的世界
良善是光明与和平的使者
是一个人更好地融入社会的前提
良善是一个人精神境界的纯净高尚
是公民应具备的基本道德素养
良善有改变人的力量
像春风化雨 丝丝渗进人的心里
愿我们能一生修为
葆有一颗真诚良善的心灵
老吾老以及人之老
幼吾幼以及人之幼
才是中华民族最初的精神典藏

你聪明的 告诉我
我们的良善都去哪儿了
"门前老树长新芽
院里枯木又开花
半生存了多少话
藏进了满头白发
记忆中的小脚丫
肉嘟嘟的小嘴巴
一生把爱交给他
只为那一声爸妈
……"

唱着《时间都去哪儿了》
我在寻找童年的故事　童年的家
我在追忆家乡的田野　家乡的花儿

家乡——
每个人心中都有着自己最初最美的眷恋
爱家乡是不需要理由的
因为
你是那片土地生养
你在那里成长
无论何时何地
只要用心感受　乡情就在心中流淌……

耳畔　传来悦耳的乡音
那是亲人的召唤
鼻翼间　弥漫独特的气息
那是母亲的味道
眼帘中　映着熟悉的景物
那是记忆里最美的影像
家乡最不缺少的
就是那一条街巷里的童年玩伴
一场游戏　就是一场模拟着的梦
在游戏中　学会梦想
梦想中　享受人生茁壮……

当你拿起笔
描绘你心中的家乡
传递寻觅到的良善
演绎精彩的智慧交响
你胸间会共鸣起　母亲唱过的歌谣
那是一种倾诉

闭门即是深山
读书随处净土
写作是一场孤独而愉快的精神旅行
它提升我们每一个人的生命质量
风说
你的文字必将被铭记
家乡那片旷远的　田野上
回荡着的是你
最初最美的乐章

天籁之音

——可爱的人啊，关怀人类的前景吧！呵护美好的心灵吧！

有这样一个男孩
在课堂上
化身为一条小鱼
这条　幸福的小鱼
旁若无人地　划动着双臂
扭动着　小小的身子
游到了我的讲台上
随着游动的节奏
于想象的风中
翩然起舞

小鱼儿
如一个有灵性的音符
顺依心中美妙的旋律
环绕着
摇摇曳曳
兜兜转转……

那片《落叶》的课堂
我拾起了最美的落叶
引来了　这条小鱼
在这美好的课堂上
响起了　纯美的乐声

小鱼深情地吐着泡泡——
树叶落到地上
小虫爬过去　躲在里面
把它当作　屋子
树叶落在沟里
蚂蚁爬上去　坐在当中
把它当作　船

爱歌颂　你好 亲爱的小孩

树叶落在河里
小鱼游过来　藏在底下
把它当作　伞
树叶落在院子里
燕子飞来看见了
低声说——
喂——冬来了
我们赶快到南方去吧

这是天籁
一种童声　一种童真
这是——
孩子心中最美的精神天堂
师生共同追寻的诗意的天堂
亲爱的小孩
你拥有自己　独特的精神天地
你对世界的感受力和想象力
远远超过成人
你以一颗至纯至善的心
观察着——自然万象
感受着——人情风物
你——
唱出自己最美妙的童声

当我们
已经习惯于
把香蕉　比作小船
因为　我们的老师就是这样教的
当我成为了老师
我也准备　这样教给我的学生
可出乎我意料的是

亲爱的小孩
你竟然有那么多的比喻
我惊叹着倾听你们
香蕉——
像小号　正在吹奏动听的乐曲
像摇篮　里面躺着可爱的香蕉宝宝
像小桥　小昆虫可以顺着它
从一个地方爬到另一个地方
……
多美丽的想象
多美丽的句子
带着温度　飘着香气

可爱的人啊
关怀人类的前景吧
呵护美好的心灵吧
不要单纯地以为
只要有了科学
明天就一定光明
我们的母语
要传授知识与技能
更要维护儿童——
一颗追寻思想的心
一颗积极向上的心
一颗感应语言的心
一颗充满爱意的心

当我行走在《最佳路径》
领着孩子进入那位老太太的葡萄园
葡萄香甜　孩子们却没有兴趣
一个学生突然问我——

老师　要是有人摘了老太太的葡萄
不给钱怎么办呢?
眉宇间
满是对老太太的担忧
引来了不少附和与关切

望着这些天真的脸
我笑了
在他们的眼睛里
你会发现　良善
你会发现　纯美
你能听见孩子们
心灵成长拔节的声音
孩子的心是纯洁的
充满了天真与好奇
也是脆弱的　容易受伤与失望
更是稚嫩的　容易污染和退缩

我们要葆有人的纯粹
去呵护一颗不朽的心
如果说　孩子的心灵
是一颗需要点燃的火种
我们就要小心翼翼地
呵护这颗无价的火种
不让它熄灭
如果说孩子的心灵
是一棵朝气蓬勃的小树
我们就要
顺木之天　以致其性
用尊重引领塑造
让孩子心里流淌出最纯美的天籁之声

爱
歌颂
你好 亲爱的小孩

我教 我快乐

——每当我凝望璀璨的星空,我仿佛看到一双双渴望的眼睛。

我教　我快乐
因为我爱我的学生
他们是我
一直孜孜以求的
心灵的风景
这里有露珠
那是少年闪烁的童心
这里有溪流
那是少年纯粹的激情
这里有鸟鸣
那是少年真诚的呼唤

夜晚
每当我凝望璀璨的星空
我仿佛看到一双双渴望的眼睛
顾城——
"黑夜给了我黑色的眼睛,
我却要用它来寻找光明"的歌唱
便在
遥远的天际回响
坚定地激励着我
追逐我的教育之梦

我教　我快乐
面对着如花的少年
在自己眼前快乐地
成长——成人——
作为教师
意味着亲历
创造过程的发生
——恰似亲手赋予一团泥土以生命

——恰似亲手赋予一个生命以色彩
没有什么比目睹这一奇迹
更加激动人心

历经过多少
平平淡淡而又真真切切的
春华秋实
我心中常常默念
艾青那句著名的诗句——
"为什么我的眼里常含泪水?
因为我对这土地爱得深沉!"

我教　我快乐
正是我对学生爱得深沉
才使我对教育如此多情
我喜欢我的教学
我的教学始终建筑在一种
动态生成基础之上
诸如——
教学文本的丰富多彩
教学理念的与时俱进
教学主体的变化更新
使课堂教学——
充满活力
充满魅力
充满流变
充满挑战

古希腊一位哲人说过——
一个人不能两次踏进同一条河流
我要说——

一个教师也不可能两次
踏进同一个课堂
课堂上——
教师与学生的心态在变化
知识与经验的积累在变化
我喜欢变化
喜欢这变动不居的课堂
我喜欢挑战
挑战中我可以享有
　"犯自己的错误得自己的教训"的自由

我教　我快乐
我在课堂上
喜欢向我的学生们提问
也更喜欢
学生们向我质疑
在这样的互动中
我能真切地感受到
师生间——
思维碰撞的精彩绝伦
灵性复苏的拈花微笑
创造之花的灿烂绽放
诗意才情的纵情流淌
正如所谓——
如听仙乐耳暂明
心有灵犀一点通

当你面对着这样的情景
豁然开朗时的神采奕奕
渴望发言时的欢呼踊跃
各持己见时的口若悬河

……
此时此刻
作为老师
怎能不为之欢欣鼓舞
孩子们的——
声音是那样童真无邪
回答是那样富有哲理
思想是那样淳朴自然
错误又是那样妙趣横生
……
此时此刻
作为老师
怎能不为之陶醉疾迷

我教　我快乐
我追求——
读书　教书　春雨　润物
那种青灯黄卷映傲骨的人生境界
古希腊那位奥基尼斯先生
面对帝王亚历山大的问候
端坐于木桶中的他
牛气冲天地回之以——
"站开些,别遮住我的阳光!"
令我震撼
这句话充溢着
因读书而带来的彻骨的快乐的傲岸
让我看到了作为读书人的崭新境界

我爱读书——
因为处在阅读状态中的人
最宁静　最从容　最美丽

——无声的铅字敞开在那里
你可以是被邀约的客人　是从容的主人
你可以自由地进出　你可以自如地思索

我爱读书——
一卷在手
你可以与屈子同愤　与太白同醉
与东坡同发少年狂
一卷在手
你可以在爱默生的书中寻觅自己的思想
在莎士比亚的剧本中读到自己的表情
在但丁的诗行里发现自己的形象
……
我读书　　一个最直接的原因是因为
我教书
一个坚定的信念在鞭策着我
——我不能误尽天下苍生
——我不能以己昏昏而使人昭昭

读书中　　我能感受到教书的快乐
我乐于在教育理论的象牙塔里徜徉
在那里去追寻——
追寻我思故我在的哲学意蕴
追寻我教故我在的生命之根
追寻我放飞学生心灵的灵感
追寻我点燃学生激情的火把

我爱读书——
驻足在深远如哲学之天地
在高华如艺术之境界的教育理论长河中
我聆听夸美纽斯的《大教学论》

体验亚米契斯的《爱的教育》
吟诵马卡连柯的《教育诗》
接受苏霍姆林斯基的《给教师的一百条建议》
和巴班斯基的《论教学过程最优化》
和杜威对话《民主主义与教育》
和罗素畅谈《教育与美好生活》
……
大师们思想的潮水越过遥远的时空
一泻千里　　滚滚而来
道德文章的严谨崇高
思想品质的致远深邃
理论架构的苦心孤诣
语言文字的精金美玉
时刻激荡并启迪着我的心灵之旅
水尝无华　　相荡乃成涟漪
石本无火　　相激乃生灵光
与大师们思维的碰撞　　情感的共鸣
使得我心智聪颖　　人性升腾
使得我的课堂教学充盈着人性的光辉

我教　　我快乐
我迷恋母语教学的
情感真挚　　智慧圆融　　意境深远
在这如
空中之音
相中之色
水中之月
镜中之象的
母语教学中
我努力经营着
永远直面学生心灵的精神家园

在那里　我和学生
同感动——同感悟——
看春花秋月　感喜意盈怀
观惊涛骇浪　慨壮怀激烈
听高山流水　叹知音难觅
唱大江东去　抒英雄豪情
……
在那里我和学生
同切磋——同琢磨——
去领会
骏马
秋风
塞北的阳刚
杏花
春雨
江南的阴柔
去领略
唐诗宋词赋的千古风流
去领悟
历史之于真实
科学之于严谨的独特魅力……

"请将你的脂膏不息地流向人间，
培出慰藉的花儿，结成快乐的果子。"
闻一多《红烛》里的诗句
像一支红烛洞彻我的精神世界
点燃我的信念之火

我教　我快乐
我明白——
什么是执着自己应该执着的

什么是放弃自己应该放弃的
我愿　化身为林清玄笔下
那只感性的蝴蝶
做一个——
智慧与深情并美的人
我教　我快乐

爱
歌颂
你好 亲爱的小孩

爱与歌颂(后记诗)

——你深怀着人类之爱,在这个世界上,爱的命题才是最博大无私的哲学。

诗人叶芝有诗道——
我永远是她的一部分
也许无法摆脱
忘记生命　又回归生命
不断轮回……

诗人的长旅　是神圣的
诗　是情感天性的一种品质
当热爱超越某种形式而存在
她　便属于心灵

我对这种爱的怀恋
是具象的
我们能够看到
心灵的光芒
照耀着一片绿意

诗之于我　是一种宗教
读一首诗
听一支歌
赏一幅画
经历一缕情思
追忆一段往昔
都会唤起　不泯的情怀

在时间的时间之外

在空间的空间之外
于安谧的深处
独对幽冥的丰盈
把圣洁的情愫
化为　深情的歌唱

因为爱　不管在哪里
我都是　不惧寂寞的歌者
我理解我的这份孤独
与遥远的宁静
每当这个时候
我便会　飘然进入诗的意境
我仿佛　思想者
那沉思的身影　不是生命的缄默
是对人间的　祝福

一首诗的诞生
不是面壁而来
不是文字堆砌
不是难以破解的谜语
它是我的体验
用心灵　去接近心灵
用生命的智慧　去凝听生命
用虔诚和爱　去叩问自然

我敬畏生命
我热爱生活
我就有了诗
我深怀着人类之爱
在这个世界上
爱的命题　才是

最博大无私的哲学

爱
并歌颂着
爱情与亲情
乡情与友情
理想与梦想
幻想与怀想
将在一个诗人的笔下
延伸至　灵魂高处
在那里发出意味深长
你要笃信
爱与歌颂
为诗歌插上飞翔的翅膀
永远的自由与奔放